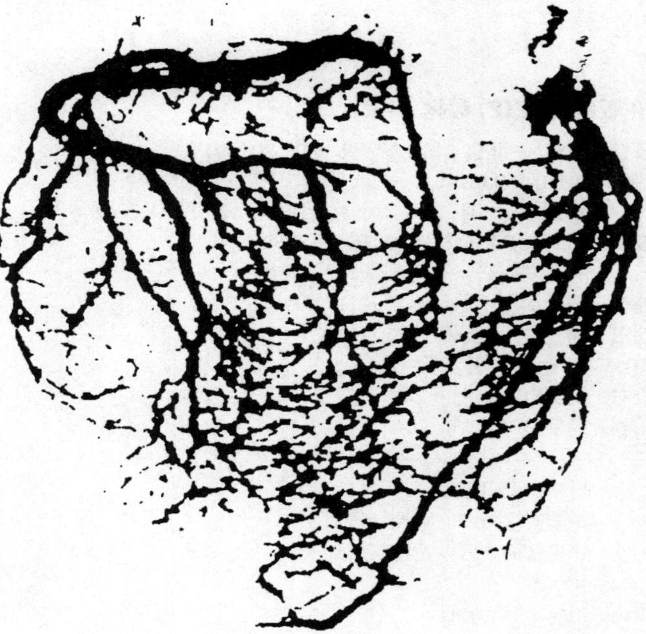

「天不老，情难绝，
心似双丝网，中有千千结！」

心之恋

松鹰　著

科学普及出版社
·北京·

图书在版编目（CIP）数据

心之恋 / 松鹰著 . — 北京 : 科学普及出版社 ,2016.11
ISBN 978-7-110-09357-3
Ⅰ. ①心 … Ⅱ. ①松 … Ⅲ. ①长篇小说－中国－当代 Ⅳ. ① I247.5
中国版本图书馆 CIP 数据核字 (2016) 第 228237 号

策划编辑　杨虚杰
责任编辑　鞠　强　汪晓雅
装帧设计　犀烛书局
责任校对　刘洪岩
责任印制　马宇晨

出　　版　科学普及出版社
发　　行　中国科学技术出版社
地　　址　北京市海淀区中关村南大街 16 号
邮　　编　100081
发行电话　010-62103130
传　　真　010-62179148
投稿电话　010-62103136
网　　址　http://www.cspbooks.com.cn

开　　本　880mm×1230mm　1/32
字　　数　110 千字
印　　张　7.375
版　　次　2016 年 11 月第 1 版
印　　次　2016 年 11 月第 1 次印刷
印　　刷　北京玥实印刷有限公司

书　　号　ISBN 978-7-110-09357-3 /I·483
定　　价　39.00 元

目录
Contents

序

科学与文学完美结合的作品

王麦林

《心之恋》是一部以医学科学为题材的科学小说；是一部以文学的小说体裁描绘科技知识的科学文艺作品。

作者以《心之恋》为题，讲述了两个心。一个是人的生理的心——心脏病及其病因；一个心是心理上的心，是主人公一颗眷恋和执着追求了解和研究心脏病病因的心。正如《特区文学》卷首语所说的，“《心之恋》一语双关：既有深切动人的恋情，又有如痴如醉的对人体心脏的探寻。作品以研究生秦天雄钻研心脏病为主线，展开种种矛盾，字里行间透出生命的活力和幽远的诗意，对传统的陋习也无疑具有一种理性的评判力量。”

故事以对心脏病病因的研究为主线展开。

心脏病是心脏的冠状动脉发生了粥样硬化，使管腔狭窄、闭塞，心脏缺血造成的。冠状动脉粥样硬化的主要因素是人体血液里的胆固醇高。高胆固醇主要来自动物性食物，也与遗传因素有一定关系……S 医学院专家陆教授的这一“血脂说”是医学界多数人公认的。

但是“血脂说”也有问题。非洲东部草原的马萨伊游牧部落，吃肉喝牛奶，还常喝活牛的血，而他们却很少有人得冠心病。这怎么解释呢？所以有人提出了血栓是急性心肌梗死的促发因素。他们根据冠状动脉造影和尸检发现，许多急性心肌梗死患者，在冠状动脉内都发现有血栓；而且，有的患者血清胆固醇浓度是在正常值内。这事引起我们的主人公——陆教授的门徒秦天雄的注意。他想，冠心病的主要病因，是否不是或完全不是因高血脂呢？是否，可能有某种尚未清楚的机理起着作用呢？

陆教授警告他的学生不得与他分庭抗礼，去做与“血脂说”理论背道而驰的工作。教授的警告，使秦天雄感受到巨大的压力。一些流言蜚语也旋风般地在医学系传开了。

什么“秦天雄翅膀还没硬就翘尾巴了，想推翻陆教授的理论！”

“想标新立异，出风头，连自己的老师都不认了。”

“他追陆教授的女儿，也是有野心的……”

人言可畏。舆论可以把一个无辜者压扁，可以顷刻改变一个人在公众心目中的形象。几乎在一夜之间，秦天雄发现自己完全被孤立了。医学系的同行都向他投来异样的目光。人们在他背后窃窃私语。他成了叛徒、犹大、沽名钓誉的野心家，恋人也劝他更换选题。“难道教授的理论不能触动吗？”“难道对父辈就不能怀疑吗？”“我要坚持真理！”

他豁出去了，什么都不顾了：师生情面、爱情、前程……

秦天雄决定不顾一切也要钻研这个问题。他决定从临床入手。他在医院给患者做冠脉造影。

影像显示说明，患者心肌梗死是血栓引起的；但是发病之后，血栓又消失了！这个发现使秦天雄十分震动。

这一现象说明，血液循环内部一定存在着某种因素，对血栓的形成和溶解起着支配作用。

血小板异常活动！

秦天雄突然茅塞顿开。在冠心病的致病机理中，血小板可能扮演了一个比胆固醇更重要的角色。他还惊奇地发现：血小板的活动与心血管系统的平衡机制存在着密切而又微妙的关系。因此他大胆地对冠心病的病因提出了一种新的解释。

在冠状动脉循环中，存在着一个相互依存又相互作用的双平衡系统，对维持心血管的正常功能起着关键作用。

在正常情况下，这个双平衡系统能自动调节，保证冠状动脉正常循环运行。一旦这一平衡系统失调，造成恶性循环，就会导致动脉粥样硬化、血栓（血小板异常聚集）、痉挛（血管收缩过度）和急性心肌梗死。

秦天雄的这一发现具有重要的突破意义。它解开了长时间困扰医学界的疑团：冠心病的基本病因是心血管自身的平衡系统遭到破坏。真正的罪魁不是胆固醇，而是血小板，是血小板的聚众造反（功能异常活跃）！这就是血脂浓度不高的人为什么也可能得冠心病的原因。一个新的理论框架诞生了。他成功了！

小说写得好。有科学，有哲理，有情趣，有美景，有音乐，有精神，引人入胜，令人振奋。是一个科学小说的范例。

（王麦林系科学普及出版社原社长，中国科普作家协会荣誉理事长，2013 年发起设立“王麦林科学文艺创作基金”。）

2015 年 10 月 24 日

心之恋

[小说]

茫茫苍穹，冥冥宇宙。天地万物之间，最奇妙的是生命；生命之中，最奇妙的又是人。建筑学家惊异地发现，人的头盖骨是世界上设计得最成功的薄壳结构。现代最先进的超级巨型电脑，就其智能而言，还不及人脑的万分之一。造物主的神奇而伟大，令人不胜惊叹，又不胜困惑。

人在认识世界的漫长历程中，也在不断认识自我。可是认识自我往往比认识世界更为复杂，也更微妙。人类发现元素周期表用了 80 年；发现微积分用了半个世纪；发现无线电只用了不到四十个春秋——然而，人类认识血液在自己体内每25秒钟循环一次，竟用了漫长的2000年……现代医学对血液循环的观察已经深入到微观世界，但还远远没有揭开心脏和血管的一切奥秘。这是一条布满鲜花和荆棘的崎岖之路。

上篇

一

进沟口的第三天清晨。

九寨沟被一层神秘的薄雾笼罩着，像刚出浴的神女，裹着轻纱，若即若离。

陆少男匆匆洗漱完毕，寻到离住宿地仅一箭之遥的诺日朗瀑布前，想画一幅向往已久的“雨中诺日朗”。她身穿黑白细方格夹克衫，戴一顶乳白贝雷帽，肩上斜挎着画夹，模样儿很潇洒，妩媚之中显出几分自信，几分调皮。

空气中散发着湿润、清新的气息。

诺日朗瀑布的景致，使这位美院学生惊奇不已。瀑布背后，是一脉淡紫色的山影。透过朦胧的雾霭，山上隐隐现出错落有致的树林。蓝色、黄色、红色，织成一种优美的旋律。看去很像东山魁夷笔下的作品。不，那种浓烈、深沉、静美的情调，远远超过了那位日本画圣笔下所达到的境界。

陆少男陶醉了。她急不可待地打开画夹，调好颜料，握着一支画笔，恣意地在画布上涂抹起来。她惬意地想，在美院今年的新画展上，自己又有了盖帽的希望。

蓦地，她的目光停留在视野的一个点上。

在画面的右下方，草丛中兀然现出一个坐着的男性公民。那人就穿一件运动衫，托着腮，坐的姿势很像罗丹的《思想者》，不同的是膝上摊着一本很厚的书。在晨雾中，这个身影显得孤独，惆怅，与她的画面很不协调。“诺日朗”的灵感和诗意，她所追求的天然韵味，统统被破坏了。

又是那个男的。他就住在诺日朗招待所隔壁房间，在旅途中总是独来独往。他不太像医学系毕业班圈子里的人，但来时却同欧阳文彬他们搭着同一辆车。旅游车刚开进沟口那一刻，车上人全部“啊”地欢呼起来。唯独他无动于衷，只默默地朝窗外投去一瞥，又照样低下头看着膝下的书。后来，游镜湖，观长海，他的表情都很平淡，腋下总离不开那本书。什么书能使一个 30 岁的男子汉这般着魔呢？她很奇怪。除了平淡，在他身上似乎还有一种深不可测的东西。在珍珠滩，男女游客们一窝蜂踩进水里嬉戏，拍照，他却呆立在铁灰色的岩石上，望着流水出神，好像在聆听什么声音，脸上凝聚着一种奇特的表情……

没想到，一大早，他就出现在诺日朗瀑布前。

她把画笔一扔，走上前去，很不客气地说：“喂，能挪挪位吗？”

他抬起头，诧异地望了她一眼。这是一张温厚而富有男性特征的脸，五官线条粗犷，棱角分明，颇像用炭笔勾勒的一幅速写肖像。尤其那一对憨厚中透着灵性的窝眼，幽幽的，仿佛在问：“哪点得罪你了，小姐？”

“你挡住我的画面了。”她很天真地一笑，指指身后的画夹。

“哦。”他惊觉地站起来，嘴角掠过一抹歉意，准备闪开。

就在他合上书的一瞬间，她的目光像磁石般地被吸住了。

这是一本精装医学书，那乳白色布纹封面她非常熟悉，书面烫着金：《实用心脏病学》。著者是她的父亲——著名国内心脏病专家陆明翰教授。

她重新打量了他一眼。想不到这陌生的怪客读的是父亲的专著。

一种莫名的好奇心和亲切感不禁油然而生。一次，欧阳文彬曾当着她的面说：“这是国内公认的心脏病权威著作。”陆教授关于冠心病的病理学说在国内颇有影响，医学界称为陆氏理论。陆少男虽然对心脏的那些复杂的机理和奥秘一窍不通，但她知道这本书的价值和分量，它是父亲半生心血的结晶。

“这本书……你哪来的？”她问。

这问题也问得怪。未必是偷来的或捡来的？

他朝她一笑，并不搭话，拍拍屁股，走了。天上飘起了雨丝，他一边朝坡上走，一边将书小心地藏进了衣服里。她突然发现，刚才他坐的石头旁，有一片红色的野花，色素饱和、浓烈，火辣辣的，像在燃烧一般。

那时她还不知道他的名字，也不知道他的身世和经历，可以说对他是一无所知。但是她感觉到在这个陌生青年身上，有一种说不出的东西感动了她。

她想探究他的底细，但一直没有机会。

最后一天游黄龙寺，机缘来了。

黄龙寺的高原熔岩景观给她留下了强烈的印象。黄澄澄的熔岩一泻十几里，在阳光下金灿灿的。两侧是莽莽苍苍的原始森林。雄奇、浑厚、壮观。怪不得欧阳文彬曾向她吹嘘：九寨沟之美全在水，是阴柔之美；黄龙寺之美在山，是阳刚之美。“黄龙才是真正的男神。”他后来也这样说。

从山顶返回驻地，已是傍晚。山涧缭绕着一抹淡淡的雾霭。雾的颜色紫里泛红，很奇特。她从来没有看见过紫红色的雾，不禁站着望了好一阵。待到一阵微风从山谷吹来，她才往肩上搭着毛巾，款款地朝沟里走去。

这时，他从沟底迎面走来。

他们几乎擦肩而过。走过去，他又踅回来。

“你掉了一本书。”他躬身从地上拾起一样东西，很礼貌地递给她。

她摸摸裤兜，刚才揣的书果然不见了。这是一本琼瑶的《心有千千结》，她很欣赏这本书的封面设计，那少女形象有一种天真的灵气。

“你咋晓得是我掉的书呢？”她扬起眉，一阵惊喜。

“我估计是你的。”他指指封面上写的名字：陆少男。呵，他知道她的芳名了！但是并不说，如同从不相识似的，把书递给她后，他转身欲走。

她跨前一步，拦住了他：“请等等，我还没有谢你哩！”

“不必了。”他温厚地一笑。

他中等个头，外貌粗犷，穿一件极普通的衬衫，胸部显出鼓凸的轮廓。他身上仿佛有一股磁力，使她强烈地希望同他接近。她自己也说不清这是为什么。也许他身上那股十足的男性气概吸引了她。

“你看过琼瑶的小说吗？”她眼里闪着亮光。

“看过几本。”他说的很平淡。

“这本《心有千千结》呢？”她仿佛遇到了知音，或者说在寻找知音。

“读过。”

“你喜欢吗？”

他略一顿，说：“一个动人的故事，只是编得过于圆满。”

“圆满？是的，”她突然开心地笑起来，笑声里透露出奔放不羁。“生活不正是需要圆满吗！那首词写的真美，‘心似双丝网，中有千千结’。”

“‘夜过也，东窗未白孤灯灭’。”他随口吟道。

“你背得？”她很意外。

“信口胡诌的，那是宋朝张先的词。”

“你是学文的？”她突然好奇地问。

他只报以一笑，没吭气。也没答是或不是。

她把头发向肩后一甩，说：“我很喜欢琼瑶的作品。坦白讲，我认为当今中国文坛的女作家，没有一个写情超过了琼瑶的。我和我的女同学们都是她的崇拜者。读她的小说，我们的幻想、感情可以得到一种美的寄托。”

“也许是，”他不当回事地说：“不过琼瑶写的只是爱情童话，很纯，很美，但大都比较浅。”

背后是夕照，雾霭，原始森林。四周是山的旋律，水的鸣奏。

“那只是你们的看法！”“你们”显然是指男子汉们。她微微仰起头，调皮地说：“我猜，你看医学书是为写作找素材吧？”

“我不是学文的，”他这才回答，“小说不过休息时偶尔翻翻。”

“你懂不懂美术呢？”她想占领制高点。

“稍懂一点。”他笑笑。

“你最喜欢什么流派？”

“我喜欢凡·高。”

“凡·高！”她心头为之一震，两眼睁得大大的。她万万没想到，在众多的流派和画家中，他独独会说出这个名字。“他喜欢凡·高！”她的小脑袋里闪过一个五彩缤纷的惊叹号，她感觉到自己的心弦被震响了。因为她最崇拜的画家就是凡·高。她至今记得美院吴教授给他们上第一堂课时说的话：“凡·高是以绚烂的色彩、奔放的笔触表达狂热的感情而为人们所熟知的。凡是体验过、留意过苦难生活、纯朴生活的人们，看到凡·高的画都会感到分外亲切，它令人恋念，落泪！……”这正是她后来倾心凡 · 高作品的原因。而这一点欧阳文彬从来没有理解过。“凡 · 高算什么天才！一个‘土豆画家’，一个只会割自己耳朵的疯子。”他总爱用这种揶揄的腔调说话。他们经常为此争得面红耳赤，而最后总是以欧阳大度的妥协而告终：“得得得，我向凡 · 高的女弟子致敬。”

“你喜欢凡 · 高？”她又问了一句。

“是的。”

“为什么呢？”

“不为什么，”他沉吟道，“他笔下的太阳、麦浪和灿烂的星空，能使人感觉到生命的脉动，感觉到艺术家一颗高尚的心灵。”他说得很平静，目光望着悠悠的远方。“可惜人生属于自己的时间太少，不然我也想画画这大自然。”

她很惊奇，对面前的他不禁另眼相看。“我住处各种画具都有，可以借给你。”

“不用了。”说完，他径自走了。

她仿佛怕他就此消失，匆忙追上两步：“喂，我还没问你尊姓大名哩。”

那个离她而去的背影只向空中举了举手，并未回头，也没停步。

“喂，……”

她还想喊，忽然手臂被欧阳文彬拽住了。这位守护神满脸的不悦，眼里含着隐隐的醋意。

“这人值得你花这么多时间吗？”他悻悻地嘟哝。

“你这是什么意思！”她生气地甩开他的手。

“他只是一个旁听生。”他的口气很轻蔑。

“你们认识？”她审视他，语气缓和了些。

“我们上大课时，他总坐最后一排边角上。”

说者无意，听者有心。这句话陆少男牢牢地记在心里了。难怪爸爸的那本书他看得那样专注。她望了一眼高坡外，那背影已消失在暮霭中。

“快洗脸吧，天要黑了。”

欧阳陪她朝谷底走去。一条清澈的小溪，汩汩地从山间流出来。这时她忽然看见溪畔也开满了红色的野花，花瓣和诺日朗瀑布前的一样，圆圆的，很特别，远远望去，像一片凝固的血。

二

医学系乳白色的教学楼。陆少男双手揣在口袋里，在楼前踯躅。她抬腕看看表，不时朝赭红色石阶方向探探头。

九寨沟之行，可能并未在那人的记忆里留下多深的痕迹，但在少女的心中，却掀起了一汪波澜。

真奇怪。人生有许多邂逅。有时候，相遇时无所不谈，分手以后，再也不会想起；有时候，萍水相逢，交臂而过，却一生都难以忘怀。从旅游地回来，他的面影总在她的眼前晃动。那张线条的黑黝黝的脸，那对幽幽的沉思的眼睛，她总忘不掉。当时为什么想叫他留下姓名，她自己也说不清。也许她发现自己在茫茫人海里突然遇到了知己，怕他又突然地从视野里消失。

从来没有人这样吸引过她。说不定这个人是她一生中一直在等待，在寻找的。好像所有的时光、岁月，都是为这一刻准备的。已经度过了二十二个春天，陆少男才惊奇地发现，自己还没有真正地爱过。走进她生活里的第一个男性是欧阳文彬。他长得很体面，一米七八的标准个头，风流倜傥，谈吐幽默，又是医学系的第一小提琴手。欧阳的父亲同她父亲是多年的世交，两家早有结亲家的愿望。但欧阳从来没有使她这样震撼过。

他不如欧阳文彬潇洒、漂亮，同她谈话时，表情也不像欧阳文彬那样眉飞色舞，而是显得很内在、沉着，从容不迫，给人一种深沉厚重的感觉。他总是声音平静地回答她的提问，非常平静。而且看起来好像这些问题在他脑袋里是深思熟虑的，很随便地就答出来，非常自然，不是故意雕琢和卖弄，特别炫耀什么。她以前一直觉得欧阳文彬身上缺少一点什么，是什么她却说不出来，总觉得不那么满意。她在黄龙寺才发现了，他缺少的正是“他”身上具有的那种内在的力量。

在黄龙山脚暮色中擦肩而过后，她念念地想再见他一次。今天是医学系毕业班上大课的时间，她盼望已久。她并没有想到，如此轻率地倾心于一个人也许是危险的。

离上课只有几分钟了。进大楼的人渐渐稀少。白楼前显得空荡荡的。

这时，只见他满头的汗，匆匆地踏着石阶向大楼跑来，腋下夹着书和笔记。

陆少男一阵惊喜，心房怦怦跳动。她想迎上去招呼，但想到马上要上课了，犹豫了一下，停住了脚步。

他连看都没朝她这边看一眼，疾步走进了白楼。

整整两小时，她在这座白色建筑四周徘徊，像一只美丽而孤单的候鸟。

有几次，她轻步走进这座医学殿堂，从阶梯教室的窗口外，悄悄向里面窥望。

一张张年轻而专注的面孔，像向日葵一样朝着讲台。

欧阳文彬坐在中间靠左，穿一件银灰色仿皮猎装，很引人注目。他的目光总是那样显得自信而又自负。

她的视线徐徐地向阶梯的顶部搜索，最后一排最边上的位子，果然坐着他！那张棱角分明的面孔，此刻显得单纯而虔诚。他不停地俯下身在本子上记录，抬头注视讲台时，他的目光炯炯的，像在燃烧一样。

这是一双渴求的眼睛。

教室里听众爆满，连窗台上都坐满了人。医学系只有一个人的讲座对学生具有这样的魅力，那就是她父亲。果然，讲台上站着的主讲人是陆明翰教授。他身着深色中山装，蓄着美髯，个子不高，但显得很有威仪。黑板上写着一行醒目的大字：冠心病临床研究进展。

教授手执一根细金属棍，侃侃而谈。他说话的声音徐和、稳重，仿佛有一种伟力把大家镇住了，全场鸦雀无声。

冠心病是冠状动脉粥样硬化心脏病的简称。它是当今世界三大医学难题之一。据统计数字表明，地球上每年死于冠心病的人数约占全部突然死亡人数的百分之八十。在工业发达国家，冠心病已成为人口死亡的主要原因。美国每年死于冠心病的有 70 万人；英国死于冠心病的人数是死于癌症人数的两倍。我们可以毫不夸张地说，冠心病是当今世纪的主要杀人凶手之一。正因为如此，冠心病目前已成为世界上的重大医学课题。过去和现在有许多学者在这个领域做了大量研究，至今尚未完全揭开冠心病病因的奥秘……

教授的话透过窗玻璃传出来。那圆润的声音陆少男从小就熟悉，那是一种含着热爱和权威的声音，是她的阳光和力量。

突然，教授的声音戛然而止。

教室里人头转动。

几十双视线一齐射向阶梯的中部。欧阳文彬站起来，理理额发，满脸流光溢彩，身上的银灰色猎装很醒目。大约是回答问题，他比着手势，答得很流利。教授满意地点点头，示意他坐下。欧阳的确很聪明。她想。

阶梯教室的后排。“他”用手托着腮，痴痴地望着前方，在想什么。

教授说了句话。他突然把右手向空中举了举，那姿势就像在黄龙寺时一样。接着，他站了起来。因为后排很高，看上去像立在悬崖上似的。在众目睽睽之下，他在一刹那间有些窘，眼睛望了望天花板，稍微镇定了一下情绪，才开始答话。待他说完，教室里掠过一阵轻微的喧声。

他不动声色地坐回原处。父亲却微笑了。

下课后。她在林荫道上追上了他。

“喂，我们又见面了！”

听见喊声，他转过脸，不经意点点头，脚步未停。他的思绪还萦绕在刚才的课堂上。教授的讲座像一把火，点燃了他心中深藏已久的希望。

“喂，我可以占你几分钟时间吗？”陆少男紧跟不舍，而且因为不知他姓什么，只好以“喂”相称。

他回过头，不解地瞅了她一眼。那眼神只有光，没有热。

“你忘啦，上次我们的谈话还没有谈完。我还想向你讨教讨教。”陆少男带着企望的神色看他。

他站住了。脸上的线条柔和了些。

“冠心病真的这么可怕吗？”陆少男问。

“的确。”他看着眼前的这个女孩子，认真地说，“我国有城市统计，各种死亡原因中，冠心病在 20 世纪是第十位，60 年代是第六位，70 年代上升到第三位。21 世纪仍有上升的趋势。怎么，你对冠心病这么感兴趣？”

陆少男诡秘地一笑，没有回答。她接着从挎包里取出一副九寨沟的写生画，轻轻展开，递给他。

“能给我提点意见吗？”她故作谦虚，其实是想显示一下。这幅画是她九寨沟写生中最得意的一幅。雨中诺日朗！这个题材还没有画家表现过哩。朦胧的身影，缥缈的雨雾，像从天池边缘溢出的瀑布。整个画面像一首诗，一个银色的梦。欧阳文彬看到这幅画时，曾惊叹不已，半晌才说：“我怎么没发现，诺日朗瀑布这么美！”

他把画举到稍远处，眯缝着眼，端详了片刻。

“你愿意听实话，还是听赞扬。”

“当然是实话。”

“画面很美，色调也不错。但可惜是一幅失败之作。”他说得很不客气。

“失败之作？”陆少男涨红了脸。这话使她大为扫兴。从来还没有哪一位看客这样评她的画，她是美院的高才生，一向得宠惯了的。

“画得过于美了。九寨沟变成了仙境，大自然的神韵没有了。”

“你说说九寨沟的神韵是什么呢？”她被激怒了。

几个医学系学生从他们旁边走过。路旁种着冬青和一品红。虽是晚秋，一品红的花朵一串串的，红得很艳丽。

“我说不准，“他瞥了一眼冬青，“也许是原始的粗犷，神秘感，还是别的什么？但至少它不是梦，不是格林童话。”

她咬着嘴唇，感到自己的自尊心受到了伤害。当初不正是这人坐在诺日朗瀑布前，大煞了她的风景嘛！

他觉察到了姑娘的心理，有点后悔说得太直，于是向她歉然一笑。

“我家就住在院内，我还有几幅写生，你愿意瞧瞧吗？”她不甘心。

“不行了，我还得赶回去上班。”他拒绝了。

“你今天还要上班？”她很奇怪。

“嗯，我是来旁听的，时间很紧。”

“哦，”她心头一动，很诚恳地问：“旁听结束后，你有打算吗？”

他迟疑了一下，说：“我准备考研究生。”

“哪个专业的研究生？”她冷不丁冒出一句。

“心血管专业。”

“是陆明翰教授吧？”

“嗯，不过据说考他的研究生很难。”

“他是个很严格的好老头。”

“好老头？”他不解地扫了她一眼。

“对，好老头。他是我的父亲！”

“你可不像你父亲。”

“为什么？”

“他是一尊塑像，你是一只黄雀。”

“还想说我是黄毛丫头，对吧？”

他笑了。

“你有把握吗？”

“坦白说，把握不大。试试看！”

“没关系，你需要什么资料尽管找我。”

“找你？”

“是的，我可以帮助你，你能不能留个电话号码和姓名。”她主动说：“有时间我给你挂电话，我们再联系。”她灵巧地从口袋里掏出一张卡片，塞在他手里。

他犹豫片刻，终于掏出笔来，写完，说了声“谢谢”，然后很礼貌地点点头，走了。

她手心的卡片上留下一行粗大的笔迹：

秦天雄

秦天雄、秦天雄……她喃喃地念着，在一刹那间，这三个字深深地印在她的心上。

三

白芙蓉咖啡厅。S 市的艺术沙龙。墙上挂着几幅临摹的风景油画，有列维坦的《金黄色的秋天》、希什金的《黑麦》。沙龙的气氛显得恬静，高雅。女服务员穿着一色的制服，化着淡妆，彬彬有礼。

欧阳文彬端起杯子，呷了一口浓黑的咖啡，神态有些怅然。他默默地品尝着苦涩的滋味，仿佛觉得整个世界都在眼前旋转，光、影、红色的雾……

陆少男坐在他对面。她今天穿着一件绛红色的风衣，一头乌黑的长发随便地披在肩后，越发显得迷人。

“喂，你邀我来，就是为了喝这雀巢咖啡呀？”

“不，少男，我想同你谈谈。你最近的情绪有点反常。”

“有什么反常？”

“从九寨沟回来，你像总在躲着我。”

“谁说的！我忙。”

“忙？还不是为了那个秦天雄。”欧阳文彬阴沉地点中要害。

“你怎么这样说话？”陆少男脸涨得通红。

“有人看见的，你在院里的林荫道上同他在一起。”

“你在盯梢呀！”陆少男瞪视他。

“不是我，木瓜说的。”木瓜是医学系的学生，欧阳同寝室的朋友。

“同谁谈话，这是我的自由。”

“你了解姓秦的吗？这个人狂得很。他根本不值得你青睐。……少男，我是真心地为你好。”

欧阳文彬叹了一口气，继续说：“少男，难道你忘了我们的那段感情？你应该属于我。”

“我属于你？”陆少男突然笑起来：“我是我，我只属于艺术。”

欧阳文彬很沮丧。央求、忠告都无济于事，他感到男性的尊严受到伤害。

“我不明白，秦天雄究竟有什么好的！”

“我喜欢他，怎么样？”陆少男故意提高嗓门说。

欧阳文彬嘴唇抽搐，面孔铁青，突然，咔嚓一声，玻璃杯在他手中被捏碎了。透明的碎片戳进了他的掌心，黑色的咖啡掺着殷红的血，流在桌子上。

陆少男惊叫：“欧阳！”

邻座男女向这边投来惊诧的目光。

欧阳文彬一声不吭，掏出手帕捂在手上，双眉紧缩。

陆少男怜悯地瞅着他。她的心已被另一个人强烈地吸引，虽然她知道欧阳文彬一直对自己有意，但……

“欧阳，还像从前一样，做我的哥哥吧！”她心底涌上一股歉疚。

欧阳文彬脸上现出奇怪的笑容，摇摇头，痛苦地起身，独自走出了咖啡厅。

他的背后回荡着巴赫的《结婚康塔塔》。

陆教授家客厅。屋角迟开的米兰散发着淡淡的香气。墙上挂着几幅字画。一架古朴厚重的二十四史楠木书柜靠着西墙。

教授靠在沙发上，正在读报。茶几上搁着几本医学杂志。

陆少男笑盈盈地端着一杯热茶送过来。

“爸，你最欣赏的碧螺春！”

陆教授最喜欢喝江苏产的碧螺春。这茶是欧阳文彬父亲欧阳谦教授上次来讲学时给他捎来的，茶水碧绿，回味恬淡。

教授接过茶，呷了一口，满意地瞅了女儿一眼，笑道：“少男呀，最近是不是同欧阳闹了点小矛盾呀？”

“没有。”

“你可骗不过爸爸。”

“欧阳哪点不好？那孩子又聪明，又体贴人，他爸爸和你爸爸又是那么多年的老朋友，彼此都了解。”妈妈在一旁帮着腔。

教授把茶杯放下，对女儿说：“少男，你已经不是孩子了，要懂得尊重对方的感情。欧阳无论才干、学识都是系里拔尖的。你对他太生硬了。”

“这我知道，”陆少男打断了他的话，“爸，求你一件事，怎么样？”

“嗬，怪不得你今天给我端茶，又有事要求我呀！”

陆少男狡黠地一笑。

“我有个同学的哥哥，指名要考你的研究生。你能不能帮帮他？”

“欢迎呀！我的研究生谁都可以报名，最后择优录取嘛。”

“他是一个旁听生，有没有资格呀？”

“旁听生按规定一般不收。他叫什么名字？”

“秦天雄。”

“这名字有点耳熟。”教授用手指敲敲前额。

“你太官僚了！你的门生都不认识了。”

“孔夫子三千门生，也不见得个个都记得嘛。”

“他和欧阳在一个大班听课，总坐在最后一排，脸黑黑的。”

“哦，是那个秦天雄呀？”

“当然是他，秦天雄未必还有一打不成！”

教授突然哈哈笑起来，满脸透着红光。

“这就不用你操心了。我早就发现这个学生是一匹潜在的千里马……”

“你真是一个好爸爸！”陆少男喜出望外，搂住他的脖子。

陆教授的眼前，浮现出一次课堂上的情景。

四

白色阶梯教室。白色王国的殿堂。

阶梯教室是高等学府的一个标志。能坐在这座金字塔斜面上任何一节台阶上，都意味着在汲取人类的最新知识成果。有多少中学生憧憬着毕业后走进这个殿堂，但至少有五分之四的少男少女，一生中失去了机会踏上它的台阶。

秦天雄坐在阶梯教室最后一排，全神贯注。他的目光俯视着讲台。

陆教授站在黑板前，手执金属教棍，正讲到冠心病的病变基础。他的话语调不高，却颇富有磁力。教室的整个空间都回响着他向冠心病挑战的声音。

冠心病的病变基础，是维持心脏生命的营养动脉——冠状动脉发生了粥样硬化，致使管腔狭窄甚至闭塞，使心脏缺血。迄今，关于动脉粥样硬化、血管腔变窄的起因尚不完全明了。国内外学者普遍认为，血脂升高、高血压、肥胖和抽烟是冠心病主要的易患因素。我本人研究冠心病多年，确信高脂血症是引起动脉粥样硬化的主要因素。血液内含胆固醇大于每分升二百六十毫克者，冠心病发病率为小于每分升二百毫克者的五倍。胆固醇是造成粥样硬化的元凶。它是一种白色蜡状物。人体血液里的胆固醇，主要来自动物性食物，与遗传因素也有一定关系……

秦天雄望着讲台，双目炯炯发亮，像燃烧的磷火。

一个硕大的心脏在他眼前旋转着，通体紫红透亮。“卜、卜、卜”的声响就像战鼓在震动耳膜。

这是生命的节奏！

那神秘的召唤！

这个不平凡的器官日夜不停地在跳动、跳动、跳动……突然，“卜卜”的声音停止了。鲜红的心壁渐渐变成紫黑色。一张慈祥而模糊的脸迭现出来。看不清面孔的轮廓，只有在天幕深处的那双眼睛亮有微光，亲切地注视着他。嘴里喃喃地，发出一串奇异的声音：“雄儿……太……太阳……”

他又听见了那声音。

在秦天雄儿时的记忆里，只有母爱，没有父爱。在秦天雄懂事的时候，妈妈告诉他，他的父亲是得心脏病突然死的，病因不明。死时只有 35 岁。他对父亲毫无记忆了，只见过他抱着一个光腚孩子的照片。那一张陌生的脸，令人可亲，但有些苍白。浓眉下的一双善目，含着沉思。

妈妈在中学教生物。父亲是数学老师。也许是遗传基因的缘故，他从小就特别喜欢数学。他的血管里流着父亲的血——呵，不祥的暗流！后来他听说祖父死时的症状也和父亲一样。自从知道这一秘密后，他常常对胸膛里那颗活蹦乱跳的活物产生了一种恐惧。仿佛它随时会突然蹦出胸口，或者一眨眼工夫就变了颜色。这一天，命运果然来敲门了。他那时上初中二年级，一次在课堂上考数学，正演算时，突然感到一阵莫名的心悸，胸膛像被什么洞穿了，眼前一黑，就什么也不知道了。他被送进医院，整整烧了三天三夜，浑身滚烫。恍恍惚惚中，他觉得自己轻飘飘地躺在一只扁圆的小舟上，在一条很窄的河里漂流。舟是红的，河水也是红的，滚滚发烫。河面上弥漫着红色的浓雾，把视野遮住了，什么也看不清楚。整个世界变成了一片火海。小舟东碰西撞，不知被载到何处去。耳边响着山洪奔涌的“哗哗”声。忽然面前出现一个巨大的漩涡，黑洞洞的，深不见底。他吓得大叫了一声“救命呀”，醒了。

睁开眼，他看见妈妈守在床边。旁边是穿白大褂的医生护士。

“啊，醒啦，他醒啦！”妈妈惊喜的声音。

他仍然沉浸在刚才的幻景中。尤其那奇怪的红雾，给他留下了极深的恐怖印象。他觉得在那片红色的混沌后面，有一种未知的魔力在诱惑他。

“这孩子的烧退了，没危险了。”医生轻快地说。那声音很富有感染力，听起来使他感到抚慰，安稳。

“好，小鬼，你得救了！”他躬下身，拍拍他的脸蛋，笑道：“多亏你年轻的生命力。”

他吃力地朝他笑笑，作为回报。

“妈妈，我得的是爸爸那种病吧？”出院后他问。

“不是，医生说是急性风湿性心肌炎。”

妈妈安慰他。她没有告诉他的心脏曾停了三次，当时他昏厥了，每一次都可能停了就再也跳不起来了。救活他的那个大夫是一位有经验的内科医生。

“不是遇到他，你的小命早没有了。”

那一副方正的、乱得发青的面孔，他永远记得。他从他的眼神和抚慰的声音里，感觉到一种从未体验过的力量、一种慈父般的情感。说不定正是这个原因，他最后决定选择医学作为自己的人生道路。后来他打听到他的救命恩人的名字叫陆明翰。那时他已是主治医生了。

现在他就站在讲台上，站在一个领域的最高水准上，向后来者们讲述人类探索心脏之谜的壮志和艰苦历程。

学生们怀着莫大的兴趣在倾听着他的话。

我们研究心脏的目的，是使人类最终能够免除冠心病，从而活到正常的寿命。人类对心脏和血液循环的认识经历了漫长的岁月。历史上有许多先驱者做出过重大贡献和牺牲。这里特别需要提到的是塞尔维特和哈维。塞尔维特是西班牙人，他发现了血液的小循环，第一个指出人只有一种血液，人的血液不是从右心室直接流向左心室，而是经过肺部形成循环的。塞尔维特的学说违背了教会的教义，他后来被加尔文派以异端之罪活活烧死！学术之争带上了政治色彩，往往会变得异常残酷。哈维是英国的御医，他进一步完善和发展了塞尔维特的见解，提出血液在整个人体内不断循环的理论，这就是大循环理论，最终建立了血液循环理论。他豪迈地宣称：心脏是生命的开始，它是微型宇宙的太阳！……

秦天雄凝神屏息。教授的话呼唤他向一个神秘的、充满未知的领域去探索。尽管命运给他设置了这么多障碍！

那次心脏发病以后，少年秦天雄突然发现自己的记忆力减弱了。许多儿时新鲜清楚的印象，仿佛罩上了一层浓雾，变得依稀朦胧。耳边随时有一个潮汐似的神奇声音在萦绕："雄儿……雄儿……太……太阳……"过去他可以过目成诵，记忆力惊人。他曾在一个晚上读完《西游记》。妈妈不信："你这样看啥子书哟，呵人哄人差不多，一个晚上就看完了！"他叫妈妈考他。一问，果然，第几回，什么内容，他说得头头是道。圆周率 π，他能背到小数点后面一百〇八位，超过了茅以升少年时创的记录。可现在这一切都成为过去式，消逝了，宛若一张褪了色的相片、一盒被洗掉讯号的录音磁带，依稀、模糊、若隐若现。妈妈大惊失色。"天雄，还记得你考试的题吗？"他摇摇头。"那 π 呐？ π 等于多少？""三点一四一五……一五九……"他费劲地回忆。"再往下呢？"摇头。妈妈满面泪光，一下搂住他。"天雄！"

秦天雄休学了。他变得耽思好想，常常在林中与小鸟交谈，在河边倾听流水的声音。他不合群，总爱一个人躲在屋里读书。书籍成了他唯一的朋友。出院时陆医生曾关照过他母亲："你儿子的心脏以后要格外注意。"好在后来他的心脏没有再出过麻烦，但记忆力很久以后才渐渐恢复。他奇迹般地重新获得了青春活力和生活的勇气。那一年他 15 岁。母亲庆幸，经过这次劫难，家族的阴影被驱散了。

命运之神总算向他微笑了一次。在"上山下乡"浪潮席卷全中国时，他因为患过心脏病被批准留在城里。后来进一家街道医院当了学员。3 年满师转正，防疫、打针、看病，样样都干。他不甘心当一名万金油医生，于是拼命自学，渴望解开"太阳"之谜的钥匙……

陆教授双手横握教棍，用询问的目光望着金字塔斜坡上一百多张年轻的面孔。

"谁讲讲哈维发现血液循环的意义是什么？"

欧阳文彬自信地站了起来。

"血液循环理论的建立，是近代医学、解剖学和生理学上最重大的发现。它同哥白尼的日心说互相辉映，导致了一场伟大的科学革命。从医学上说，它第一次使生理学成为一门科学；从哲学上说，它给传统的盖仑灵气说以致命打击，证明了世界的统一性。"

教授很满意这个回答。他觉得欧阳身上有一种学者的素质，不愧是将门虎子。

“还有谁有补充没有？”

几只手举起来。

他用教棍指了指最后一排。

秦天雄站了起来。情绪有些激动。一种思想，或者说是一股热血在他的血管里奔涌。他抬起眼睛朝天花板看了看（陆少男那时正好在窗外悄悄瞅他），竭力使自己镇定。他的话很简洁，声音显得有些喑哑。

“哈维的贡献，我认为至少还有两点。一，他的著作《心血循环运动论》，是世界上第一部建立在科学基础上的心血管专著。二，在血循环研究中，他成功地运用了数学。这一点意义往往被人所忽视。在医学上使用数学工具获得重大突破，在历史上还没有先例。至今如此。这说明现代医学仍然没有摆脱实验科学的阶段，还处在童年时代！”

这话有点离经叛道。教室里出现小声地喧哗。接着是四五秒钟的静默。陆明教授用教棍敲着手心，脸上掠过宽容的一笑。现在的大学生，思想活跃，总喜欢标新立异，追求新潮。萨特、弗洛伊德、琼瑶三毛热，一阵风。但教授很欣赏那青年的勇气。那张粗线条的面孔，给他留下很深的印象。

后来有人告诉他，那青年的名字叫秦天雄。一匹野马驹，他想。

五

“我爸爸说你是匹千里马。”陆少男俏皮而得意地望着秦天雄。

“真的？”秦天雄半信半疑。

“是啊，而且是一匹河马。”

“河马？”秦天雄更纳闷了。

“他说你是一匹潜在的千里马。千里马潜在水里，不是河马是什么！”陆少男咯咯地笑起来。

秦天雄家住在城南的一个小院里。陆少男费了好大周折才打听到这个地方。

秦天雄不在家。秦母殷勤地接待了她。这是一位举止安详、很有教养的妇人，给陆少男第一印象就是一位慈母。看见一个年轻的女孩子来找儿子，秦母显得非常高兴。又沏茶，又削水果。

老人家已经退休。她给陆少男摆了很多天雄小时候的趣事，话里流露出母亲对儿子的炫耀。“我就这么个儿子。他怪孝顺呵！”

母子俩相依为命，家里没有其他人。看得出来生活并不宽裕。屋里的摆设简单朴素。不大的过厅，连着两间屋，一间母亲住，另一间是秦天雄的陋室。谈话间，陆少男的黑眼珠总离不开那垂下的半幅白地蓝花门帘。

后来，她终于忍不住问："伯母，那是他的房间吧？"

"他呀，房间像个狗窝，还不准别人动！"秦母好像看出她的心思，笑着，一面数落，一面捞起门帘。

她满脸好奇地站在门口，朝里面窥望。

这是一个陌生而多彩的世界。

首先映入眼帘的，是墙上挂的满满一圈"向日葵"水粉画，这是凡·高举世闻名的杰作《金秋》，临摹的水平并不太高，但色彩斑斓生动。一颗颗赤褐色花盘，像在旋转，燃烧，黄灿灿的花瓣向四周辐射着光焰。画面里投射出一种难言的力量，一种对生活、对人类炽热的爱。陆少男怔住了，脑海里忽然蹦出凡·高的一段话："我想用一组《向日葵》画装饰自己的画室，我让纯炼的或混合的铬黄在从淡蓝到深青色调不一样的背景上迸发出燃烧的火焰。"

她仿佛看见眼前滚动着一个个火球，满屋都是辉煌炫目的太阳！

"这是天雄乱涂乱画的，屋里贴那么多向日葵干嘛呀！"秦母说。

"画得真盖帽！"陆少男喝彩道。

"姑娘，你也喜欢画画呀？"

"我是学美术的。"秦天雄的才华使她惊讶，想起他对她的"雨中诺日朗"的批评，她服了。

“进去坐吧，”秦母和蔼地说，“我该去厨房忙了。”

陆少男走进了秦天雄的世界。

房间只有七八平方米。她站在屋中间巡礼了一番。一个写字台、两个竹书架、一张单人床，已把屋子挤得满满的。到处都是书，写字台上、书架上、床头上，堆得乱糟糟的。难怪他妈妈说是“狗窝”哩。书的种类也五花八门，傅雷的《家书》、卢梭的《忏悔录》、丹纳的《艺术哲学》、梅森的《自然科学史》、维纳的《控制论》、马尔克斯的《百年孤独》、薛特勒的《薛氏内科学》……琳琅满目。墙角扔着几个石膏像，桌子上有小闹钟、墨水瓶、三洋盒式录音机。她父亲的那本《实用心脏病学》，端放在案头，中间夹着一张纸条。她轻轻掀开书，发现几乎每一页都做了阅读记号。翻到夹纸片的那一页，发现正是那天她给他的卡片，上面写着她的名字和电话，心头不禁一热。

正在这时，秦天雄回来了。外屋传来秦母高兴的声音：“天雄，来客人啦！”话音刚落，他已经站在她前面。发现她在屋里，他并不显得特别意外。

“光临寒舍，有何见教？”他为她拉开椅子。

“不是寒舍，是狗窝。”她坐下，调皮地瞅着他。

“狗窝？妈妈怎么这样不给我面子呀！”他啼笑皆非。这八平方米是他的卧室、书房、图书馆、音乐厅兼储藏室，一句话，是他的独立王国。妈妈却总说是“狗窝”。他又不属狗！

“我是来告诉你一个好消息的。”陆少男说明来意。

“哦，什么好消息？”他漫不经心地问。

她这才说出“千里马”的事，又故意用“河马”来逗他。

秦天雄听了这话，很兴奋。

“陆教授还说了些什么？”

“他说同意你报名考他的研究生。”

“真的？”他的表情顿时庄重起来。

“听说报名的人有 30 多个，心血管研究生只招 1 名。竞争很厉害。”

“但愿我如愿以偿！”秦天雄喃喃低语。

“你的报名资格，我爸同意由他去同院里交涉。”

“谢谢你爸爸。”秦天雄很感动，“从前有个姓陆的医生救过我的命，我一直想给他当学生。”

“我爸爸救活过好多人。”

“那时我读初二。”

“你也得过心脏病？”陆少男脸上掠过一丝阴影。

“妈妈说是心肌炎。我那时还不到 15 岁，差一点魂归西天。”

“要是你魂归西天，我们就不可能认识了。”她天真地说。

他凝视着她，意味深长地一笑。

“你妈妈说你傻头傻脑，没有女孩子会喜欢你。”

“有过一个，上高中时，厅长的女儿，‘六百工分’。我看见小姐就头疼。”

“我呢？”她大胆地问，两眼睛直视着他。

“你……”他没料到陆少男这样问，一时语塞。事实上，她是他第一个正眼看的女孩子。

“天雄！”她一阵冲动，这样亲切地叫了一声，爱情明显地写在她的眸子里。

秦天雄微微一震。

房间里悄然无声。

“听听音乐吧？”秦天雄笨拙地打破沉默。

她轻轻颔首，目光一片温柔。

秦天雄换上一盘磁带，按了按第三个键。

一段优美的和声从盒式录音机里流泻出来，飘然入耳。歌声很迷人，洋溢着青春的气息、欢快和寻求。两人凝神倾听，四目相对。

在雨中，我见过你，
在夜里，我送过你，
在春天，我拥有你，
在冬季，我离开你，
有相聚，也有分离，
人生需要去努力！

有欢笑，也有哭泣，
不知谁能，谁能躲得过去？
……

“这首歌真好听！叫什么名字？”

“叫《心曲》，也叫《在雨中》，是姜育恒唱的。”

两颗年轻的心震撼了。

六

医学系宿舍楼。周末之夜。

晚风习习。灯光通明的寝室里传来音乐声。

欧阳文彬双手抱臂，仰靠在床头上。双眉紧蹙，一脸晦气。一架红色浪琴录音机正放着朱晓琳演唱的《那一年我十七岁》。歌声甜美，充满着稚气和朝气。

背起行囊穿起那条发白的牛仔裤，
装着若有其事地告别，
告诉妈妈我想离家出游几天，
妈妈笑着对我说：

别忘了回家的路。

喔喔喔，

那一年我十七岁。

……

这是欧阳文彬平时最爱听的一首台湾歌曲，因为他十七岁时，曾获得全市中学生小提琴比赛金奖；而且也是在十七岁那年，他考上了名牌的S医学院。但此刻听着这歌声，他心里却不是滋味。

欧阳文彬烦躁地从床上坐起来，“啪”地停住机子，取出磁带盘，翻过一面，再用劲地一揿“PLAY”键。录音机突然发疯似的大喊大叫起来：

阿里，阿里巴巴！

阿里巴巴是个快乐的青年。

噢！噢！噢！噢！

满屋都是狂野的歌声，喧嚣于耳。这是感情的宣泄，仿佛世界的末日到了似的。他需要这种宣泄。失恋的痛苦像蚂蟥一样啃噬着他的心。

“呃，别在这儿一个人受罪了！”正埋头写信的木瓜伸手把录音机关掉。疯狂的乐曲戛然而止。同室的另外两位伙伴也附和着说起来。

“算了吧，反正你那位画家小姐已经另有所属。”

“现在公鸡涨价，另外找一个得啦！”

“秦天雄那小子也真是艳福不浅，乘龙快婿外加研究生候选人，一石二鸟呀。”

“你老兄也真高姿态，眼睁睁看着自己的心上人被拐走……”

“别说啦！”欧阳文彬跳起来，暴怒地吼道：“不许玷污她的名声！”

朋友们的嘲弄、奚落，无疑是给他感情的伤口上撒了一把盐。他眼里充溢着痛楚与沮丧。

“好好好，哥儿们不说了。”木瓜做了个无可奈何的姿势。

“不过，陆教授只收一名研究生，有种你就应该去夺过来……”

“对，你可是考场上的常胜将军呀！”那两位也极力怂恿。

欧阳文彬不吱声了，沉默片刻，两只丹凤眼忽然一亮。

一个关系到他的命运和前途的重大决定，从他脑子里突然冒了出来。

教授办公室。沙发，地毯，很浓的香烟味。

欧阳文彬坐在陆教授的对面。

陆教授语重心长地：“文彬，你再好好考虑一下。血液学是你的志向，也是你爸爸的专长。”

欧阳文彬慷慨陈词：“我决定了，一定考伯父的研究生。再说血液学与冠心病本身也有密切联系。我拜读了您的专著，受益不浅。我希望能为伯父的冠心病理论提供一点补充，在前辈的提携下，为推动这一研究尽点微力。”

陆教授面露悦色。

他并不知道欧阳文彬说的只是一方面的理由，更深一层的原因，他却隐瞒了，那就是要挤掉秦天雄。他原本准备考血液学研究生，此刻断然决定改变方向，投在陆教授的门下，与秦天雄一决雌雄。欧阳文彬信奉尼采的超人哲学，相信“捷足先登，强者必胜”。他自己从小就是一个超群之才，他的格言是：“我永远第一。”

他期待地望着教授，望着他父亲的老朋友，自己梦中的岳父。

陆教授笑道：“你可知道，按院里规定我只招一名心血管研究生，在成绩面前伯父可是铁面无私啊！”

欧阳文彬站起来，掩饰不住喜悦地：“伯父请放心，我会全力以赴的！”

说完，他带着一个竞争者的昂扬斗志，大步走出办公室。

七

新月湖。S医学院最富有诗意的地方。夏天时，这里荷花盛开，粉红摇曳，香气袭人。傍晚时分，医学院学生常爱三三两两来到这里，或绕湖漫步，或倚着绿色的长椅谈心。

此时，秋去冬来。荷花早谢了。湖中垂着一片褐色的残叶断梗，显得有些冷清、萧瑟。刚下过雨，空气中带着一股潮湿的味儿。湖背后的林子间、偶尔传来几声鸟啼。

陆少男同欧阳文彬坐在临湖的一条长椅上，两人之间隔着一副手套。气氛有点沉闷。这张长椅曾经留下过他们一段美好的回忆，但如今已成明日黄花。今天是陆少男约欧阳文彬来这里的。她想说服欧阳文彬放弃考心血管研究生，仍然报血液学专业。

“你这是故意与秦天雄作对，算什么英雄好汉！”陆少男望着欧阳文彬，说得一针见血。

“科学应该允许竞争。”欧阳文彬说。

“竞争？不，你是妒忌！你知不知道秦天雄考心血管研究生是多么不容易，那是他毕生的心愿。他的父亲就是得心脏病死的，他自己的生命也受到过威胁……”

“又是‘他’，‘他’！”欧阳文彬打断她的话。他在痛苦和恼怒中仍不失最后的希望，喁喁说道："少男，你还记得吧，也是在这个地方，你亲口答应过考虑我们两家结亲的愿望的……"

陆少男不语。

欧阳文彬从笔记本里翻出一片三叶草，放在隔在二人之间的手套上。小草已干成标本，淡褐色。叶片上的网纹清晰可见。

陆少男默默拾起干枯的三叶草，在眼前轻轻转动，那是一个迷人的黄昏，空气中飘浮着荷叶的清香。她同欧阳文彬在这个长椅上小坐，她顺手从椅下折了一棵小草。"这草好漂亮，你看。"她递给欧阳文彬。"是呀，每片叶子都像一粒翡翠！"他把草举得高高的，高兴得像孩子。她没想到这棵草欧阳文彬一直保留到今天……草还在，翡翠已经消失了。这草的每一片叶子，都由三片小小的圆叶组成，很特别。陆少男望着手中的三叶草，为什么它的叶子是三片，而不是两片、四片呢？

他们好一阵默默无言地坐着。

几个穿羽绒服的女学生从长椅前路过，皮鞋咯噔咯噔的。

"少男，答应我，不再同秦天雄进一步往来。"欧阳文彬捉住她的手，眼前闪烁着期待和强迫的意味。

陆少男默默地把手抽了出来。

"我爱他，我承认。"她两眼直视欧阳文彬，坦诚地说："欧阳，我们过去的一段友谊，我会珍惜的。我只请求你不要去拦他的路。我们还是朋友。"

"不！我不能容忍有人把你从我身边抢走！"欧阳文彬吼

起来。

“欧阳，这话我也还是说明了好。感情是不能勉强的。”陆少男的语气从容而坚决。

“那好吧，”欧阳文彬绝望地站起来，“请你转告秦天雄，他如果是真正的男子汉，就应该有胆量同我欧阳文彬比一比，是龙是虫，考场上见！”说完，踏着湿漉漉的水泥路悻悻而去。

谈话破裂了。听着欧阳文彬刺耳的皮鞋声越来越远，陆少男不安地垂下睫毛。她意识到考场的决斗不可避免了。那一棵干枯的三叶草，在她的手心里瑟瑟颤动。

研究生考试是在春节后举行的。对秦天雄说来，这无疑是他人生路上具有决定意义的一次拼搏。有 38 个人报考陆明翰教授的研究生，这意味着他将有 37 个竞争对手，而其中一位实力最强、录取把握最大的人，恰恰是他的劲敌，这个劲敌千方百计等着要把他打垮。

考试地点设在 S 医院图书馆二楼。

考试紧张的气氛不下于战场。这里是通往硕士、博士的入口，众多的大学生为雄心壮志所鼓舞，争先恐后地聚集在这里，但只有极少的佼佼者和幸运儿才闯得进去。同一专业的考生准考证号码连在一起，秦天雄的座位与欧阳文彬只有一桌之隔。考试课程一共五门：政治、英语、内科学、病理解剖、医学综合。前两门全国统一命题，后三门由 S 医学院出题。考场上导师并不露面，由研究生院和教务处派人监考。

这是一场无声的决斗。

大厅里出奇的寂静。只有笔尖在卷纸上划动的沙沙声。秦天雄随时感觉到欧阳文彬的存在。他翻开卷纸时投来的得意一瞥，移动椅子的砰梆声，交卷时的高视阔步，都流露着一种挑战的、居高临下的意味。秦天雄克制着自己，尽力保持一种冷静，这是临战的最佳状态。题目的数多量大，他一秒钟也不敢松懈。尤其最后半天考医学综合，内外妇儿病理生理遗传卫生全面大轰炸，100 多道选择题，内容涉及基础及临床的各个方面，防不胜防，考得他暗暗叫苦。本科生和同等学历生之间的沟壑和差异，就在这门课上。两天半考完下来，秦天雄就像登了一次喜马拉雅山，耗尽了全部精力和体力。

考试成绩两个月以后才公布。秦天雄从容不迫地迎候着这一时刻。谋事在人，成事在天。他已经尽了自己的最大努力，这就够了。相反的是，欧阳文彬却急如星火地盼着揭晓的那天，怀着焦急、希望和几分惴惴不安。考场上强手林立，波谲云诡，谁也不敢担保自己有百分之百的把握。何况他放弃比较冷门的血液学，改考竞争激烈的心血管，多少带有点孤注一掷的冒险。

春天无声无息地来了。她宛若一个矜持的少女，妩媚、羞涩，而又难以捉摸。

这是一个让人心神不宁的春天。

待到海棠花开的时候，考试成绩送到了陆明翰桌上。

38 份试卷，名列榜首的是欧阳文彬，总分 415。

这个成绩使陆教授非常满意。初试上线分数按规定为 300 分，通常考到 380、390 分就算相当不错了，上 400 分的历来不多。欧阳文彬果然超群。教授脸上露出欣慰的微笑。

陆明翰接着往下翻。在第二张卷子上突然跃出秦天雄的名字，总分 412，与欧阳文彬只差 3 分！教授没有料到秦天雄的分数会这么高，感到十分意外。再往下看，他的各科成绩与欧阳文彬都很接近，而且外语考分比欧阳文彬高好几分。秦天雄吃亏主要吃在医学综合上，对一个非本科生来说，这是难免的。

合上试卷，教授点燃一支雪茄，深深地吸了一口。历届考研究生总分上 400 的很罕见，这两人居然都冒了尖，而且相差几分。凭一种直感，他觉得秦天雄是一个难得的人才。

“这个考生如果不收，有点可惜！”他敲着卷子，仿佛自言自语道。

在一旁的罗副教授把脸凑过来：“你说的是那个秦天雄吧？”

“就是他。我了解这个学生潜力很大，有超人的毅力。”

“院里规定心血管只收一名，他的录取你就不用考虑了。”罗副教授说得很干脆。

罗是陆的亲密同事，教研室的二把手。他的话对陆教授常有影响力。

“平心而论，他的考试成绩与欧阳文彬不相上下。总分差 3 分，但外语他是第一。”

“但是教授，他只是同等学历。”罗副教授提醒道。

在他的眼里，秦欧之差不是两三分，而是 6 年。名牌医学院招收研究生是卡得很严的，除非是考第一的奇才，同等学历生很难踏上这座白色王国的台阶。本科生和同等学历生即便考分相等，二者取一也肯定会取本科生，这是毫无疑问的。

“照他的学历，能达到这个水平，已经相当不简单了！基础嘛，进来还可以补。”陆教授有惜才之意。

“但是这次你只带一名研究生呀！”

“是哦，难办就难办在这里……”

“算了吧，择优录取，天公地道。”罗副教授笑道：“我看欧阳文彬的确出类拔萃，将来又是您的女婿，真有眼力呀！”

“这与录取无关。孩子们自己的事，我一向不过问。”

教授把视线投向窗外。钟楼下一团粉色的海棠花，在阳光下格外悦目。微风吹过，落英缤纷。他从座椅上站起来，踱到窗前，沉入了默想。失去了机遇（有的人一生也许只有一次），人才也会像这花瓣一样，落在地下，变成尘土，最终被埋没，消失。

教授突然把手中的雪茄掐灭。

“我到院长那里去一下。”他向罗副教授关照了一声，转身出去了。

院长是一位稳重严谨的内科专家，60 岁光景，一头漂亮的银丝。听罢陆教授的意见，他的反应相当审慎，观点同罗副教授基本一致。

“我们这种国内屈指可数的高等医学学府，收同等学历的研究生，应持慎重态度，”院长用一种不容商量的口吻说：“特别是你心血管专业，全国瞩目，应该更严一些。”

“我觉得这个学生不收可惜了，能否作为破格处理，请院里尽可能考虑。”陆明翰据理力争。

院长没有松口。他太了解陆明翰了，这位陆氏学派的主帅在要人要经费时，有一种可怕的牛劲，是从来不认输的。

“这个考生的外语成绩怎样？”他侧面迂回。

“第一，89 分。”

“医学综合呢？”

“稍微差一些。”

“这就对了。本科生 5 年系统学的那些全面的知识，同等学历没法比。”

“我还没有遇到过学生凭自学就能达到这个程度的！秦天雄属于那种探索型的学生，若能有机会深造，一定会有建树。”

“噢，你这么有把握？”

“我可以担保。我愿意带这个学生。”导师能够这样说，已经到顶了。

“那也不行呀，心血管研究生只有一个名额。如果确实够格，也得同其他专业协商，看能不能腾一个指标给你才能定。”

“那我通知秦天雄复试，复试时请院里派人参加评审。名额嘛由院里想办法，怎么样？”陆教授提出君子协议。

院长答应了：“那好，复试的时候我争取来！”

几天以后，欧阳文彬和秦天雄同时收到复试通知。

对欧阳文彬说来，研究生已是铁板钉钉的事。他确信自己稳操胜券。按照惯例，起决定作用的是初试，复试的淘汰率一般都很小。只有秦天雄这次前途尚难预料。能否被录取，将取决于复试时的临场发挥和运气。

秦天雄怀着胜负难卜的心情走向教授办公室时，正碰到欧阳文彬复试完出来。他们在走廊上照了个对面。欧阳文彬很得意，很轻松，看见秦天雄也来参加复试，他有些惊异，但旋即若无其事地笑了笑。他朝秦天雄点点头，吹着口哨，走了。走廊里回荡着《那一年我十七岁》。

除陆教授外，院长亲自到场参加复试。简单的笔试之后，院长用英语询问秦天雄问题。秦天雄用英语回答，非常流利。一口漂亮的牛津口音，使院长大为意外。他没想到一个同等学历生的英语口语会这么好。院长满意地瞅了教授一眼，意思说：你果然有眼力。

接着，是几个心血管方面的专业问题。诸如“冠状动脉侧支循环的临床意义”“冠心病与年龄有什么相关性”“心肌梗死的先兆是什么”“你认为冠心病能预防吗”等。秦天雄一一对答如流。尤其最后一个问题，他答得很有信心。

“从理论上讲，只要找到了病因，任何疾病都可以治疗和预防，包括癌症和艾滋病。冠心病也不例外。美国每年死于冠心病的人有70万，自20世纪60年代后期采取了一些综合防治措施，比如减肥，戒烟，防治高血压、控制饮食等，10年之后冠心病的死亡率下降了五分之一。我认为，在人类进一步弄清了冠心病的发病机理后，完全控制冠心病的那一天一定会到来！”

这次是陆教授瞅了院长一眼，带着诡秘的微笑，那意思是在他眼底写得很清楚：怎么样？收不收！

满头银发的院长站起来，握住了秦天雄的手：“我祝贺你，年轻人！”

就这样，秦天雄被破格录取为陆明翰教授的研究生。命运再次向他露出了微笑。

那一天是5月5日，他一生的转折点。

八

为了表示对两个学生的祝贺，陆教授特意举行了一次家宴，款待秦天雄和欧阳文彬。

这是秦天雄第一次走进恩师的家门。

家宴的气氛很轻松。教授情绪颇佳。菜是陆母亲自下厨烧的。

陆母对秦天雄很客气，但并不亲热，对欧阳文彬则不停地劝菜。

“欧阳，这是你陆伯伯最爱吃的，你尝尝。”她夹了一箸海参，放进欧阳碗里。

“谢谢伯母。”欧阳文彬很乖巧地欠身致谢。他今天换了一身西装，满脸喜色。考场上的胜利，使他赢回了同秦天雄平分秋色的地位。他有一种失而复得的快意。在少男面前，他同“他”已经平起平坐了。

“你也尝尝，”陆少男也夹起一段海参给秦天雄，并抛去一个眼色。“我觉得在所有的菜里面，海参是最乏味的，爸怎么爱吃这个呢！”

“海参是高蛋白，含有多种氨基酸，而且胆固醇极低。”教授三句话不离本行。

陆明翰一向注意节食，每餐吃得很清淡，多是低脂肪的豆类、蔬菜。少男说他是“三不吃主义者”：不吃肥肉，不吃猪油，不吃内脏。他的理论要诀之一，就是合理的营养可以防治饮食性高脂血症和冠心病。他常说，“贪吃的老饕与冠心病常有不解之缘。”

“爸这可是身体力行呀！”

“孔老二的‘割不正不食’嘛！”教授谑道。

“来，我敬你们两位研究生一杯！”陆少男分别为欧阳文彬和秦天雄在杯里斟满红葡萄酒，目光里含着温馨的笑意。

“爸也来半杯！”她要给陆教授斟酒，被陆伯母拦住了。“你爸心脏不好，不能喝。”

“这真是上帝的意旨！心脏病专家也治不了自己的心脏病。那就以水代酒吧。”她给父亲杯里倒了一点橘子水。

大家举杯。

陆教授环视坐在左右的秦欧两人，笑盈盈地说：“祝你们二位谦虚谨慎，努力钻研，在心血管领域里做出点成绩来。”

秦天雄站起来，笨嘴笨舌地：“我一定努力。”

欧阳文彬也站起来，但他说得很诙谐，也很得体：“我一定步伯父的后尘，让陆氏理论名扬天下！”

众举杯，一饮而尽。

陆教授兴致很高，朝欧阳笑道：“你爸爸来信特意关照，对你要严格。这一点他尽可放心，哈哈！”

在席间，他同两个年轻人谈起当今冠心病研究的世界水平，他对二人的厚望。一涉及专业，导师和学生间的界限就打通了。他们在饭桌上津津有味地咀嚼起冠状动脉、饱和血脂、血栓形成、缺氧心肌这些医学术语来，听得陆少男胃口大减。

“爸，这是餐桌，不是你们的手术台！”她提出了抗议。

“好、好，今天不谈学术，谈点轻松的怎么样？不然少男要造反了。”教授笑。

“赞成！”欧阳文彬响应。

秦天雄望着她，笑而不语。

陆少男起身，打开录音机。安捷罗斯演奏的吉他名曲《我的太阳》，像瀑布一样流泻出来，轻轻荡漾。客厅里涂上了欢快的色彩。在陆少男巧妙的牵动下，餐桌上的话题转向音乐、美术和文学。他们谈北岛的诗、琼瑶的小说、凡·高和塞尚的画、谢晋的电影，以及滚摆乐、霹雳舞、尼采的哲学等。客厅成了3个年轻人的天下。

陆教授以一种局外人的姿态，悠然旁观着餐桌上争论的3个年轻人。

不同的见解，彼此交叉的火力，婉转的批评后面，潜藏着激烈的交锋，是学识的，也有感情和道德的。不管那一睨一瞥、一语双关如何微妙，陆教授总能感觉到，有两种意见常常在协奏，而另两种意见则不断地碰撞。少男对他请的两个客人在礼数上尽可能一视同仁。不过对秦天雄好像更亲昵，对欧阳文彬则有些随便。女儿的心思教授似乎猜到几分。

酒兴助着谈兴，如风扇火。待争得难分难解时，陆少男忽然想出一个新节目。她满脸神秘地躲进书房，几分钟后，写好两张巴掌大的纸片，返回餐桌。纸片上面写着十几个类似马克思《自白》的问题。

“请两位高才生5分钟内交卷。”她调皮地宣布，然后煞有其事地把纸片分给秦天雄和欧阳文彬各一张。

“陆教授刚考过，陆小姐又要考呀！”欧阳文彬很会凑趣。

“是啊，我的题可不像爸爸出的那么容易呀！”

秦天雄接过纸片一看，上面用娟秀的笔迹写了12个问题，很有意思。他思索了一下，用钢笔逐一填出：

你最崇拜的人：贝多芬

你最珍视的品德：真诚

你最喜欢的格言：“对真理的追求比对真理的占有更为可贵（爱因斯坦）。”

你最不能容忍的秉性：口是心非

你最大的愿望：人类消失冠心病

你最喜欢的颜色：橘红

你最喜欢的一本书：《凡 · 高传》

你最佩服的作家：海明威

你最喜欢听的歌：《心曲》

你最喜爱的花：向日葵

你最喜爱的鸟：啄木鸟

你最爱的人：妈妈

陆少男接过纸片，快速扫描了一遍。她的目光在最后一行停留了几秒，唇际露出一抹不易觉察的微笑。

“欧阳，你的！”她用手敲饭桌，催促道。欧阳文彬不慌不忙递给她纸片，答案与秦天雄大相径庭：

你最崇拜的人：拿破仑

你最珍视的品德：热情、幽默

你最喜欢的格言："社会犹如一条船，每个人都要有掌舵的准备（易卜生）。"

你最不能容忍的秉性：背叛

你最大的愿望：得诺贝尔医学奖

你最喜欢的颜色：紫色

你最喜欢的一本书：《美国梦寻》

你最佩服的作家：萨特

你最喜欢唱的歌：《那一年我十七岁》

你最喜爱的花：玫瑰

你最喜爱的鸟：天鹅

你最爱的人：她

陆少男把两张"卷子"并排摆在父亲的面前，请教授过目。陆教授戴上眼镜，把两张答案放在眼前比较了一番，脸上浮起会心的微笑。

教授的直感告诉他，这是两种不同类型的人才。他很器重秦天雄，他的身上透射着一种后生可畏的英气，而且人很实在。他也很赏识欧阳文彬，他才华横溢，有雄心，人又谦恭。而且一开始，陆教授就产生了一种预感：两人的研究将是一场竞争。

"爸，你说谁可以得满分呀？"少男催他。

"你是主考官嘛，今天你打分。"教授笑道。

“我说呀。”陆少男把脸微微一仰。大声宣布:“一个是野心家，一个是孝子贤孙！”话音刚落,满座哈哈大笑。连伯母都忍俊不禁。

陆教授摘下金属框眼镜，一边擦拭，一边笑瞅着乐得前俯后仰的陆少男。女儿更倾心谁呢？他想。很明白，欧阳文彬所写的“她”，就是少男。而秦天雄，却愣头愣脑地写了一个“妈妈”！

从这一天起，教授的家接纳了秦天雄。他和欧阳文彬在同一个王国和空间里展开了一场心照不宣的竞赛。

下篇

九

在追赶时光的匆匆脚步中，新月湖的荷花谢了，又开了。经过三百六十五个日日夜夜的苦学奋斗，秦天雄全部课程的考试，除两门良好外，其余全在90分以上，算法语言、血液动力学两门，他得了满分。

这是一场医学马拉松赛。终点：硕士论文答辩。时间：3年。

从一起步开始，秦天雄就马不停蹄地猛跑起来。因为他是同等学历。院方要求格外严格。陆教授给他安排的必修课是一般研究生的两倍，而且全部考试。

教授谆谆告诫他："你要在心血管领域有所发现，第一，必须系统而牢固地掌握医学基础；第二，必须重视临床实践。"

秦天雄必修的课程，陆明翰给他安排了19门之多，这在S医学院也是没有先例的。同欧阳文彬及其他专业的研究生相比，秦天雄的大脑完全是超负荷运转。但秦天雄学得非常愉快，非常辛苦，也非常顽强。尽管在毕业的跑道上跑得满头大汗，气喘吁吁，他从来没有落伍，总是跑在前面。

现在，他终于顺利地通过了考试。

陆教授满意地说：“好，你可以下病房了。”

当他穿着白大褂、戴着白帽子，跟在陆教授后面走进内科病房时，所有的目光都向他投来。他们知道他是陆教授的高足，都一齐刮目相看。

在导师的悉心指导下，经过 1 年的临床实践，秦天雄终于具备了一名心血管医生所必须具备的一切：学历、知识、经验、信心。

最后的程序是完成科研课题。这是获得硕士学位所必需须的也是最关键的一步。

秦天雄确定的课题方向是：冠心病致病机理探源。这个选题带有明显的探索性。

欧阳文彬选择了另一个方向：动脉粥样硬化动物模型的建立。

十

S 医学院图书馆。秦天雄坐在阅览室一个临窗的位子，正埋头翻阅新到的几本外文期刊，脸上显出若有所思的神情。窗外竹影摇曳，薄暮中露出钟楼赭红色的塔顶。室内很肃静，除了秦天雄，只有两三个查阅外刊的学生。

一个多月来，围绕着冠心病病理的课题，秦天雄查阅了大量资料。国内外的心血管专著、论文、期刊、研究报告等，凡是能找到的，他都没有放过。他先要咀嚼一下前辈和国内外研究者们的经验，再确定自己的力点应选在何处。

关于冠心病致病原因，半个世纪以来，医学界一直存在争论。

冠心病又称冠状动脉粥样硬化。冠状动脉是心脏维持自身营养和生命的动脉，因其形状似冠而得名。冠心病患者血管内壁因脂肪斑块和胆固醇沉积而加厚，致使冠状动脉变脆，通道变窄，阻碍血液的流通，从而引起心绞痛（心脏缺血），严重者造成冠状动脉堵塞，引起心肌梗死。

冠心病致病的根本原因，一直不为人所知。在很长时间里，人们都认为冠心病是年龄增长的必然结果。到了 20 世纪初，一位俄国医学家给兔子喂食高胆固醇食物，人为地造成了兔子动脉中沉积脂肪斑块和高浓度胆固醇，人们的观念才开始发生变化。许多医生由此相信，高胆固醇饮食可以引起动脉粥样硬化。这是有关冠心病致病机理的“血脂说”的最早雏形。后来，有病理学家对这种解释提出异议，分歧很大。到了 50 年代，从一些国家的大量统计资料显示出，饮食中的脂肪摄入量与血中胆固醇水平及冠心病发病率有着密切关系，“血脂说”在医学界逐渐得到多数人的公认。美国进入 20 世纪以来，由于生活水平提高，人们的饮食习惯发生变化，牛肉、奶制品消费量明显增多，与此相平行发展的是冠心病发病率急剧上升。丹麦人爱吃黄油和干酪，冠心病发病率很高；意大利人脂肪食量少，而且主要吃植物油（橄榄油），冠心病发病率就要小得多。因此多数医学工作者都确信：动脉粥样硬化主要是由血中的胆固醇浓度升高所致。

陆明翰教授是“血脂说”的著名权威，积累了30多年的经验和苦心探索，研究成果卓著。他是中国心血管学的泰斗，也是“血脂说”学派的领袖。在他的专著《实用心脏病学》中，有一段非常精辟的论述，概括了这一学派的观点。这段话，秦天雄几乎可以一字不漏地背下来：

大量的流行病学及临床调查说明，在粥样硬化过程中，胆固醇浸润血管壁，引起局灶性管腔狭窄，产生心肌缺血，严重的导致心肌细胞死亡。临床上采用降血脂治疗，可在一定程度上减少或延缓冠心病的发生和发展。而在晚近的研究中发现，就动脉粥样硬化的形成而言，某些血脂成分实际上还起着防护作用。其中一种H因子，与动脉粥样硬化成负相关，它与促使动脉粥样硬化的L因子互相制约，构成一个平衡系统。一旦平衡破坏，就会导致冠心病发生。

陆教授的这一观点，是对“血脂说”的丰富和发展。这一成果奠定了他在国内心血管学界执牛耳的地位，并使他在国际医学界赢得了声誉。他的“H-L制约论”被称为陆氏理论。这是S医学院的骄傲。在S医学院，它成了高高飘扬在医学系白楼顶上的一面旗帜。在这面大旗下，聚集了一群优秀的医学人才，他们簇拥在导师的周围，形成一个实力雄厚的学派。

但是“血脂说”也并不是天衣无缝的。非洲东部草原的马萨伊游牧部落，以肉和牛奶为主食，还常喝活牛的血，但这个部落里却很少有人得冠心病。怎么解释这个事实呢？临床表明，冠心病的易患因素有高血脂、肥胖、糖尿病、高血压、吸烟等，在这诸因素中，高血脂是否是最根本的病因，医学界也尚存在分歧。所以新近有人提出了与“血脂说”不同的观点，以寻求对冠心病病因的新解释。

在秦天雄的眼前，就摆着这样一篇论文。一行醒目的标题像夜空里的一条闪电吸引住他。

The Throbosis: a Prompting Factor Of Acute Myocardial Infarction

血栓形成是急性心肌梗死的促发因素。

血栓！

秦天雄急切地往下看。这是一篇国外较新的研究报告。论文作者对冠心病的成因提出了一种与“血脂说”完全不同的解释。研究者根据冠状动脉造影和尸检发现，许多急性心肌梗死患者，在冠状动脉内均发现有血栓；尤其值得注意的是：其中有的患者血清胆固醇浓度在正常值内。这说明冠心病患者致病主要原因，很可能并不是或完全不是高血脂。论文作者认为，动脉血栓形成是冠心病致病的一个重要原因。

秦天雄因为兴奋，脸膛微微泛红。

这意味着，“血栓说”向自己导师的“血脂说”提出了挑战。而且对方使用的是新式武器。

钟声从窗外悠悠地飘来，清晰地响了6下。是吃晚饭的时候了。但是秦天雄毫无饥饿感。他的目光在一行行英文铅印字母中移动着，眼里透射出惊奇和困惑。

读完论文，秦天雄啪地合上资料。他同时挟起另外几本新出的期刊，到门口匆匆办了借阅手续，离开了图书馆。

当天晚上，在灯光下，秦天雄重新翻开了陆教授的《实用心脏病学》。

他发现，教授在书中也提到冠心病患者有时伴有血栓现象。但教授认为血栓形成是急性心肌梗死的一个继发现象，也即是发病的结果，并不是发病的原因。书中还提到，也有部分研究者认为，血栓形成是不是急性心肌梗死的必然原因，目前尚不能绝对肯定或否定。总之，这是一个有争议的问题。

陆氏学说博大精深，不是轻易可以动摇的。

但是秦天雄的困惑并未完全解除。

非洲东部马萨伊部落的反例如何解释呢？冠心病的元凶的确像多数人公认的是胆固醇吗？

他的目光从书页上抬起来，望着相框里一张彩照定定地出神。这是一张3人合影：左边是双手叉腰的欧阳文彬，右边是他，手捧一束太阳菊的少男站在中间，吟吟地笑着，一双秋水般明澈的眸子探究地瞅着镜头。

这是一双少女的明眸，画家的眼睛，能洞察世界，洞测男子汉的内心。

可人类心脏的奥秘是多么难测！

他的目光回到书页上。

忽然，他的眼前一亮。

教授的学说论述清楚，逻辑严密，秦天雄从来笃信不惑。书中的那些章节，他读过许多遍，但有一小段不大引人注意的文字，他每次都忽略了。此时此刻，这段文字在橙黄的灯光下跃入眼帘，像一串意外发现的密码，引起他浓厚的兴趣。他意识到这可能是教授无意间留下的一个未知数，其中可能藏着一条通往真理的小径，一个尚未被人发现的堡垒。

……临床发现，有一些冠心病患者，血清胆固醇浓度并不高，但仍可能患心肌梗死。而另一些时候，当冠心病患者的血脂升高被控制住以后，其病程并不能完全改变。

这一事实意味着什么呢？是否表明确实可能还有某种至今尚未清楚的重要机理起着支配作用呢？

或许这是陆教授理论上的一个盲点！

他是医学界德高望重的泰斗，这可能吗？

秦天雄反复琢磨这一段文字的内在含义，久久地陷入沉思。

十一

翌日。秦天雄闯进教授办公室，把自己的疑问告诉了陆教授。

陆明翰正伏案审阅几篇职称评定报告，听秦天雄说完，不在意地说：“血栓成因说前几年就有人提出来了，争议很大。血栓形成通常是在心肌梗死发生之后，并不是致病原因嘛。”

“但是，”秦天雄迟疑了一下，接着问道：“为什么有的冠心病患者血清胆固醇浓度并不高呢？”

“特例总是有的。因素很复杂。主要是你临床的经验还太少。”教授用一种宽容的口吻道。

秦天雄仍不甘心。“这是我昨天查到的几篇资料，里面有些新见解。”

“噢！你把资料留下来吧，我看看。”

秦天雄留下资料，见教授很忙，先走了。他忘记了期刊里还夹着一张纸条。

陆教授处理完其他事后，戴上金属框眼镜，浏览了一下秦天雄留下的资料，发现都是有关血栓与冠心病关系的研究报告。这稍稍引起他的注意。但是真正对他的神经产生冲击的，是夹在一本《JAMA》杂志里的那张纸条。纸条上的笔迹是秦天雄的，上面写着几句“质疑”：既然临床发现冠心病患者有的血清胆固醇浓度并不高，而另一些时候冠心病患者的血脂升高被控制住以后，其病程并不能完全改变。这是否意味着高胆固醇并不一定是冠心病的必然原因？而很可能还有另外的致病机理？

看上去这纸条像是信手写的，字迹有些潦草，问号却打得很粗。这等于是对血脂说的公开怀疑。

教授的脸色变得严肃起来。秦天雄提出的问题，正是他多年来藏在心里的一个疑惑……

科学是最尊重事实的。理论不能解释特例，就说明理论还不完备，还存在某种空白。读神话和武侠小说都知道，再无敌的拳师高手，都有一个叫作“练门”的致命之处。泰山龙煞的练门在脚板心，霸王拳的练门在肚脐。陆明翰很清楚，“血脂说”理论上的薄弱点就在这里。如果在这一点上被击中，“陆氏理论”虽然从根基上不会动摇，至少会受到冲击。他一直想寻找一块坚硬的甲胄，护住这个练门。没想到，秦天雄无意中闯入这个禁区……

学生选择的研究方向正是冲着老师的练门而来！这不由令他产生了一种极为复杂的感觉，是赞叹，吃惊，还是不悦？好像都有，又好像都不是。

陆教授合上杂志，取出一支雪茄，衔在嘴里点燃，然后长长地吐出一口青烟，浓眉下的一双深邃的眼睛露出若有所思的神情。

两天以后，秦天雄再度到教授办公室时，发现陆明翰的态度有些改变。

“陆教授，资料您看过了吗？”他兴冲冲地问。

“嗯。”教授哼了一声，未置可否。

秦天雄感觉到气氛有些不对，立在桌前，有点窘。

教授瞥了他一眼，目光慈爱，安详。“天雄呀，我对你一直寄予厚望，期望你写出一篇扎实过硬的硕士论文来。其他那些标新的观点，可以做些了解，但不可旁骛。”

教授的话虽语重心长，可在它的深处包含着某种训诫之意。

“我觉得血栓说至少在局部上有它的道理。”秦天雄活像个任性的孩子，站在原处申辩。

教授拉开抽屉，取出那叠资料放在桌上，向秦天雄面前一推。

“国内也有人赞同这种观点，但不足以形成学说。”教授的声音提高了些，一字一句都透射出学派领袖的威严。“血脂说理论是几代医学工作者的研究成果，在国际医学界是得到公认的。我希望我的学生都能很好地掌握这个理论，去发展它，完善它，而不是做相反的工作，甚至背道而驰，分庭抗礼。”

这实际是一个警告。话不多，但秦天雄感觉到一股沉重的压力。

这是陆教授第一次拉下脸同他说话。他没想到自己一直像父亲一样爱着、崇拜着的人，会如此严厉。

秦天雄移动了一下双脚，还想解释两句，但看见教授已经无意再谈。他舔了舔干裂的嘴唇，只好收起资料，悄悄地退下。

傍晚。陆少男回到家时，看见父亲默默地抽着烟，臃肿的身躯沉在沙发里。

“爸，你今天怎么啦？”她把画夹往屋角一扔，问。

“没什么。”老头喉管里咕噜了一声。

“你总有事的！”少男不信。

“你那个秦天雄果然是匹野马。”

“天雄哪点得罪你了？”她诧异地睁大了眼睛。

“你劝劝他也许有用。同导师唱对台戏，论文最后怎么通得过？”

教授不再说了。直到吃完晚饭他也没再提这件事。但陆少男明显感觉到父亲的情绪，以及父亲话中对天雄流露出的那种失望。她敏感地意识到“论文最后怎样通得过”这句话的严重性。一种不安和焦虑的阴影爬上她的心头。放下碗筷，她立即到研究生宿舍找秦天雄去了。

暮色浓重。钟楼背后，一抹晚霞在静静燃烧。一大群归巢的麻雀在林子间啁啾合唱。

陆少男踏着石子小径，心底升起一股温柔的暖意。美院毕业，她被分配在市里一家出版社任美编。生活在向她招手。她编织了一个美妙的梦，只待天雄研究生毕业拿到硕士学位，她就同他结婚。然后去九寨沟、黄龙寺度蜜月，在大自然的怀抱里，重寻他们初次邂逅的脚印。那时，她要画一张真正的《男神》……

她担忧的是，如果天雄真的同父亲闹僵了，不但他的硕士论文通不过，他俩的事也肯定会受到阻拦。母亲直到现在还坚持要她同欧阳好。而那一位也在等着。她很了解父亲的脾气，他是绝不会同意一个叛逆者做自己女婿的。

陆少男一口气攀上秦天雄的五楼宿舍。她推开门时，秦天雄正苦着脸在闭门思索，那几篇载着“异端”信息的资料横在桌上。他抬头瞅了她一眼，眼球有些发红。

“你今天同我爸究竟怎么啦？”陆少男脸上流露出不安。

秦天雄把大概情况讲了。

“这就是导火绳。”他苦笑了一下，用手拍拍桌上的资料。

“那你怎么办呢？”她非常关切地望着他，忽然觉得他近来瘦多了，心头涌上一层怜惜，一层疼爱，一层担忧。她很爱自己的父亲，也相信他事业上的成就。作为女儿，她知道“陆氏理论”是父亲一生心血凝成的丰碑，可以说是他的生命，所以她从心底希望维护父亲的权威。但她也理解天雄要干一件事总有他的道理，她了解他的人品和才华，希望他脱颖而出、有所建树和作为。

可是无论从感情上或是理智上，她都不愿看到父亲和天雄在学术上站在对立的立场，不希望师生俩的关系出现任何危机。

“你放心，我会把矛盾处理好的。”秦天雄看出她的担忧，教授的那几句话已经表明不支持自己，但他仍希望老师最后能改变态度。

“你有把握吗？”陆少男问。

“我想不会有问题的。”

秦天雄憨厚地笑了笑。

陆少男被打动了。他身上焕发出来的那种执着的精神，激起了她的一股柔情。她真想依偎在他那宽厚的怀里。

秦天雄注视着她，眼里流露出真诚和力量。少男心中突然产生一种唯恐会失去对方的不安感。

十二

入夜，秦天雄躺在床上，久久难眠。

自己选择哪一条路呢？他把目光投向窗外漆黑的夜空。

天上没有月色，只有稀疏的星星发出微光。夜空显得朦胧、幽远和深不可测。啊，世界为何这么小？秦天雄知道，自己正攀登在迷雾缭绕的悬崖陡壁上。

反复思忖，他决定从临床入手打开缺口。

他的眼前浮现出一张患者苍白的面孔。他记得那个患者是一位政治经济学讲师，40来岁，瘦筋筋的，很健谈。他是因急性心肌梗死而住院的，因为没有床位，住在走廊里，所以秦天雄印象颇深。化验表明他的血沉加快，血清心肌酶谱普遍升高，这是急性心肌梗死的典型反应。患者自诉有心绞痛史，但几次检查血脂浓度均正常。最后这个细节查房的医生当时都没有在意。陆教授只是例行地问问患者的感觉，发病前有无剧烈运动或情绪激动等等。一向心细的欧阳文彬也没有特别注意。秦天雄当时脑子里闪过一个问号：患者血脂并不高，为什么会得冠心病呢？现在看来，说不定很可能是……

秦天雄觉得应该追踪那个特例患者。

秦天雄穿着白大褂，脚步匆匆地登上住院部大楼。

正是查房之前，医生护士都很忙碌。走廊上的临时病床不见了。秦天雄在内二办公室找到管床的大夫，一问才知道，那个患者出院已经半个多月了。

“真不走运！”他有点沮丧。

管床大夫知道秦天雄是陆教授带的研究生，态度很客气。他说：“不过他下周要回来做检查，还要取药。”

“那太好了，能不能请你给他做个冠脉造影？”秦天雄央求道。

“查什么？”

“看有没有血栓。我正搞一个题目，想从这个角度断定一下发病原因。”

“那可以做一个选择性冠脉造影。”

“Thank you very much!”秦天雄喜形于色。

“下周星期五你来看片子吧。”

到约定时间，秦天雄去了。但结果使他很失望。四张底片并排夹在日光灯屏上，显出患者心脏和不同方位的冠状动脉影像。

“这里，还有这里，你看，患者的冠状动脉完全畅通。”管床医生指给他看。

秦天雄睁大眼注视着屏上的底片，心中大惑不解。

待了片刻，他突然问：“能看看他住院时的病历吗？”

“这个患者原来归舒医生管，她在休假。”

“那病历呢？”

“也许在病历室可以查到。舒医生过几天就回来，你何必这么急呢？”

“噢，不打搅了！”

秦天雄直奔病历室。在一位年轻护士的帮助下，好不容易查到当时的记录。他从这些记录中发现，患者住院后做过一次冠脉造影。诊断书上清楚地写着：

冠脉造影左前降支近端急性血栓性闭塞，诊断前壁心肌梗死。

这个发现使秦天雄心里大为震动。这说明患者心肌梗死很可能确系血栓引起；但在发病之后，血栓又自行消失了！

这其中必有奥秘。

几天后舒医生休完假回来，秦天雄特地去向她请教。

舒医生是一位具有丰富临床经验的心血管医生，为人正直，又有点清高，学术上一贯独立不羁，是医学系里唯一的非主流派医生。听完秦天雄的质疑，她告诉他：临床上常有这种情况，急性心肌梗死后，冠状动脉内的血栓在一定时间内可自发性溶解，有的在几周之后，有的在数月。这个现象提示了血液循环内部一定存在着某种因素，对血栓的形成和溶解起着支配作用。

“可能是什么因素呢？”秦天雄问。

“血小板。”舒医生毫不含糊地说。

“噢！……”秦天雄觉得全身一震。他仿佛忽然听到血液在血管里搏动的声音。在那声音的背后，一只扁圆的小红舟时隐时现。

舒医生说，她在临床曾观察到，患者心绞痛发作时，手指甲皱上出现了血小板凝结的紫红色的微血栓；还有两次给心肌梗死患者验血，试管内突然出现血小板自发性的聚集。

“血小板异常活动！”

“对的，这意味着血小板异常活动在急性心肌梗死发病中起重要作用。”舒医生颔首。

秦天雄两眼一亮。

他突然茅塞顿开道：“这就是说，在冠心病的致病机理中，血小板也许扮演了一个比胆固醇更重要的角色。对吗？”

“可以这样认为。自从获得诺贝尔医学奖的瑞典医学家萨米埃尔松教授和两位同事相继发现前列环素和血栓素以来，血小板的活性引起了很多研究者的兴趣。尽管学术界还存在较大分歧，但血小板在冠心病研究中已越来越引起重视。”

“我选的硕士论文就是这个题目。”

“是吗？”舒医生脸上露出一丝惊讶，旋即怀着一种好奇的关切问，“你的这个选题，陆教授认可吗？”

“他是支持的。”秦天雄不想暴露师生之隙。

“那就好。”舒医生放心说。

巴尔扎克曾说，偶然是最伟大的小说家。

在科学研究上，偶然也常常导致伟大的发现。弗莱明发现青霉素，奥斯特发现电流的磁效应，伦琴发现X射线，都是偶然的机遇。关键在于他们具有敏锐的判断力，抓住了别人放过的机会。难怪法国著名微生物学家巴斯德会说：“在观察的领域里，机遇只偏爱那种有准备的头脑。”秦天雄的造化恰恰就在这里。他记住了“留意意外之事”这条科研工作者的座右铭。一个独特的现象，从众人的眼皮底下滑过，唯有他留意了，抓住了这个机遇。天才就是这样出现的！

秦天雄把全副注意力集中在血小板上，经过几个月的潜心研究，终于找到了揭开冠心病之谜的突破口。

在秦天雄看来，人体即是一个具有自我调节能力的稳态系统。这个系统又可分为许多彼此独立而又相互联系的子系统，诸如神经系统、内分泌系统等。任何一个分系统的平衡遭到破坏，就意味着人生病了。心血管病的奥秘，就在于心血管系统的平衡机制紊乱失调。从这种新的观念出发，秦天雄惊奇地发现：血小板的活动与心血管系统的平衡机制存在着密切而又微妙的关系。

他对冠脉病的病因大胆地提出了一种新的解释 ——

在冠脉循环中，存在着一个相互依存又相互作用的双平衡系统，对维持心血管的正常功能起着关键作用。第一个平衡是血小板和血管壁之间的动态平衡。如果该平衡失调，例如，在某些致病因素作用下（如高血压、高血脂、吸烟等），一方面由于血管壁受损伤而激发了血小板活性，另一方面活性增强的血小板又作用于血管壁，加剧其损伤，两者的病理作用导致动脉粥样硬化。第二个平衡为血栓素 TXA2，与前列环素 PG12 之间的相互制约作用。血栓素 TXA2 是强力血管收缩和血小板聚集物；前列环素 PG12 相反。具有抑制血小板聚集；促进血管扩张的作用。两者之间的平衡，对调节血管张力和血小板的稳定极为重要。

在正常情况下，这个双平衡系统通过自动调节的能力，保证冠脉循环的正常运行。一旦外界因素超过了允许限度，该平衡系统失调，造成恶性循环，将导致动脉粥样硬化、血栓（血小板异常聚集）痉挛（血管收缩过度），以至急性心肌梗死。

秦天雄的这一发现具有很重要的突破意义。

长时间困扰着医学界人士的疑团终于解开了：冠心病的基本病因是心血管自身的平衡系统遭到破坏。真正的罪魁不是胆固醇，而是血小板，是血小板的聚众造反（功能异常活跃）！这就是血脂浓度不高的人为什么也可能得冠心病的原因。

秦天雄感觉胸中有一团热乎乎的东西，直往上涌。他不仅发现了导师的“练门”，而且找到了保护这一“练门”的铠甲。

两周之后，一份系统而有创见的研究报告写了出来。

这篇论文对冠心病的病因提出了全新的解释。

论文的题目：《系统平衡说：冠心病致病机理新探》。

一个新的理论框架诞生了。

十三

秦天雄从来没有这样高兴过。

写完论文的最后一行字时，他把钢笔往桌上一扔，如释重负地、长长地吐了一口气，把指关节扳得啪啪响。

现在，他带着论文去见陆教授。

好久他都没有留意校园里的景物了。这会儿，路过新月湖，才发觉满湖的荷花都开了。一股馨香飘来，甜甜的，同少男秀发上的气息很相似。他刚给她往出版社挂了个电话，听筒里传来的声音也是甜甜的。

“真的完成了？好哇！这下爸爸该开绿灯啦。”

学生闯入老师的禁区，未来女婿“将”未来岳父的军，这自然有点不恭。不过他也相信，在真理面前（如果我发现了真理的话）教授会宽容的。他是站在陆氏理论的肩上才有所发现的；他期待着在教授的指导下，进行更深一步的探索。少男有一天告诉他，陆教授听说他写论文过程中选择家兔做试验时，脸上露出和悦之色。这也许是和解的信号。

他加快了脚步。

他叩开了教授家的门。

他看见一张狮子般巍巍然的脸。教授看见是他，藏在浓眉下的那双睿智的眼睛亮了一下。

“陆教授，我的论文完成了，想请您审阅。”他说，恭敬之中掩饰不住兴奋。

“好，坐吧。”教授接过论文，指了指沙发。

欧阳文彬的论文 3 天前已送到他的桌子上：《家鸽动脉粥样硬化模型的建立》。把家鸽用于动脉粥样硬化的实验研究在国外时间不算太晚，但国内尚未见报道。欧阳的工作填补了这一空白，理论上虽无突破，但为实验研究提供了一种简便、经济的动物模型。论文是令人满意的。不过教授觉得欧阳过于驾轻就熟，似乎缺少一点锲而不舍的探求精神。秦天雄的论文怎么样呢？他瞟了一眼面前的这匹“野马”，心中寄予期望。

秦天雄在沙发上坐得笔直，屏声敛气，就像一个写了篇获奖作文的中学生，有些不安、又有几分得意地望着他。

教授掏出细框眼镜，戴上。

他翻开封面，目光一接触论文标题，眉头就动了一下。《系统平衡说：冠心病致病机理新探》。好大的题目，好大的口气。

论文署名——

　　指导教师　　陆明翰教授

研究生　　秦天雄

他接下去扫了一眼论文前的“内容摘要”。脸渐渐沉了下去，坐在椅子上，好一阵没有吱声。这等于是给他下的战表：

本报告从系统科学的角度，论证了冠心病的致病机制系冠脉循环双平衡系统的紊乱所致。其中起关键作用的是血小板过度活动……

陆教授竭力克制着自己，但他的脸孔严肃得像大理石，额上青筋凸起。教授没有想到秦天雄会这样不听话，更没有想到自己发现、提携并大力培养的学生，竟会在学术上背离自己。“他血管里流着反叛的因子。”罗副教授的耳语，在这一刹然间又提醒了他。

“你要坚持你这个观点用来做硕士论文的话，我可以告诉你，作为你的指导老师，我这一关决不会通过的。”他冷冰冰地说。

这是老师向学生发出最后通牒。

秦天雄怔怔地坐在原处，脸色红一阵，白一阵。

“我并没有冒犯您的意思，只是，只是，”他讷讷地替自己申辩，“论文提出了一种新的设想，有所依据……”

“用不着解释了。”教授把论文退给他，口气稍微婉转了些：“你应该明白，即使我想让你通过，整个教研室也不会同意。如果你换一个题目，答辩时间我可以给你延长两个月。”

这是秦天雄的最后一个机会。对一名研究生的导师说来，这也算是仁至义尽了。

客厅里一阵沉默。

秦天雄还未从打击中回过神来，他思绪紊乱，攥在手里的论文火燎燎的，炙着他的心。

时间一秒一秒地挨过。他望了望教授，想说什么，但陆教授脸色很难看。显然已经没有对话的余地了。

秦天雄不得不起身告辞。

他走出教授楼时，心情十分沮丧，在大门外，正遇到满面春风赶回来的陆少男。

“天雄，怎么样？”她察觉他气色不对。

秦天雄朝她苦笑了一下，摇摇头，走了。

陆少男看着秦天雄走过去的背影有些摇晃，像喝醉了酒似的。

欧阳文彬躲在一侧，潇洒的白衬衫，白网鞋。他睹见了刚才的一幕。

几天之后，一些流言蜚语旋风般地在医学系传开了。

“秦天雄翅膀还没硬就翘尾巴了，想推翻陆教授的理论！”

“陆老先生气得叫他滚。”

“想标新立异，出风头，连自己的老师都不认了。”

“他追陆教授的女儿，也是有野心的……”

在中庸之道根深蒂固的中国，枪打出头鸟几乎成了惯例。再加上几千年传下来的“师道尊严”，任何冒犯前辈的思想和举动都会被认为是大逆不道。人言可畏。舆论可以把一个无辜者压扁，可以顷刻改变一个人在公众心目中的形象。几乎在一夜之间，秦天雄发现自己完全被孤立了。医学系的同行都向他投来奇异的目光。人们在他背后窃窃私语。他成了叛徒、犹大、沽名钓誉的野心家、打翻天印的小人。甚至连住院部那位管床医生，也拒绝承认曾经帮助过他。

秦天雄已经站到悬崖的边缘，他陷入了深深的矛盾和痛苦中。

闷热的夜晚。没有一丝风。

秦天雄在护城河边徘徊。他独自一人，只有水声同他做伴。他从儿时起就迷恋流水的声音。每当他想念父亲时，感到孤独时，在学校挨了骂时，就来到这条河边，坐在树下，静静地倾听淙淙的水流声。那永远不息的、奇妙的声音，像舒缓的音乐，熨平了他受伤的心田，把他载向一个邈远而广阔的境界……

夜色朦胧。河水缓缓地流着。

秦天雄的心绪却总平静不下来，思想斗争很激烈。

“教授的理论难道真的不能触动吗？”多么强大的力量，他好像是在向整个医学系宣战。

“难道父辈就不能怀疑吗？”

“我怎么办？”坚持自己的观点，可能获罪于自己的导师，并失去少男；向传统和权威妥协，则心理上难以平复。他平生最痛恨的就是说假话。他认为科学是对真理的追求，容不得半点作伪。明明发现了一座理论大厦地基上出现一条裂缝，却要闭上眼睛，人云亦云地赞颂它宏伟无比，固若金汤。他觉得这不是恭敬，而是欺骗和犯罪，是对真理的亵渎，是对老师和整个学派的真正背叛。最使他痛苦的是，他总想不明白教授为什么不能理解他。那一张动容的脸使他受到强烈的震慑。自从儿时死里逃生后从冥冥中睁开眼睛的那一刻起，这张睿智和悦的面孔，就深深地印在他的脑海里了。他重获生命后听见的第一句话，那给他以慈爱和抚慰的声音，他永生难忘："这孩子的烧退了，没危险了……"是他把自己从死神手里夺了回来，又是他为自己推开了通往医学世界的大门。他一直把教授看作自己心中的偶像。他从来没有见过教授那样大动肝火。他感到负疚、不安，感到委屈。

秦天雄清醒地看到自己目前的处境：要么放弃自己的观点，重新得到教授的信赖；要么继续走下去，被革出教门。两者必居其一。他面临着选择：或者悬崖勒马（还不迟），或者横下心纵身跳过深涧。前者会立即得到导师的谅解、宽宥，后者则会冒摔得粉身碎骨的危险。

他的动机实际上很单纯，目标就是探索真理，找到那使他魂牵梦绕地解开"太阳之谜"的钥匙。他并没有想标新立异，推翻师说，一鸣惊人。他一心所想的只是去发现，去求真。至于这个发现对老师的权威会造成多大的冲击，在学术界会导致什么样的震动，他没有想到，也没有多想。他忽略了陆氏学派本身也是具有自我调节能力的稳态系统，而且是一个超稳态的系统，他的"系统平衡说”恰恰打乱了这个系统的平衡。直到成了恶语中伤的箭靶子，他才意识到自己成了陆氏学派的心腹之患，成了众矢之的。

河边起风了。黑黢黢的桉树枝摇曳着，发出沙沙的响声。天边传来隐隐的雷鸣，一声、两声，很沉闷。突然雨下来了。起初是稀疏的雨线，接着雨点渐密。片刻，雨越下越大。

秦天雄转过身来。忽然看见雨中有一个熟悉而娇小的身影，撑着伞向他奔来。

他头一热：是陆少男！

“天雄！我找了你很久。”她脸上滚着水珠。一把小伞伸过来，遮住他头上的雨。

秦天雄蓦地把她拥进怀里。两人在雨中紧紧相抱。秦天雄从来没有什么时候像现在这样感到需要陆少男。少男的脸上湿漉漉的，分不清是雨滴，还是泪珠。雨伞在他们头上偏偏倒倒。

“天雄，我知道你是对的，你没有错……”陆少男喘着气，喃喃地说。

秦天雄感动地望着她的脸庞。

“少男，还是你了解我。你是我的知音。”

“天雄”，少男温柔地唤着他的名字，“我求你答应我一件事。”

“你说吧。”

少男面容有些苍白，她仰着一双眸子，微微不安地审视着秦天雄。他的一双眼睛也定定地望着她，盈满了期待和信赖。

少男突然有些迟疑。她深深地爱着秦天雄，她知道这个要求对他来说意味着什么。

“你的硕士论文……换一篇吧……”她的心弦颤抖着。

“为什么？”秦天雄皱了皱眉头。

“为了你，也为了我。”她激动地说。

陆少男预感到论文的事已危及他的前程和他俩的终身。研究生论文得不到导师的认可，这将意味着什么是不言而喻的。更何况这篇论文与导师的学说还公开唱对台戏。父亲是绝不会容忍的。如果天雄坚持不改论文，他们的婚姻肯定得不到家里承认。陆教授曾开诚布公地告诉她：“假如他执迷不悟，我们家庭不能接纳这种人做成员。”她深知父亲的脾气是说一不二的。她不希望看见父亲和天雄的关系破裂，也不希望看见父亲在自己的学生面前威望扫地，更不希望看见自己心爱的人毁灭。正是因为这样，她想劝劝天雄。

“天雄，你何苦要在这个关健时候同父亲把关系闹僵呢！换一篇硕士论文通过以后，你再发表自己的新观点也不晚嘛。”她劝秦天雄作必要的妥协。

秦天雄缄默不语。

“天雄！……”陆少男在用心呼唤。

秦天雄望着她，说：“我也知道，如果照你说的退一步，硕士研究生论文能通过，我们的事也不会有问题。但是我觉得这样做是违心的。我不愿把成功和幸福建立在谎言上。”

“这不是谎言，只是策略……”陆少男用乞求的眼神望着他。

“少男，你不必再劝我了。我已做好思想准备，大不了就是硕士论文通不过，一无所有。但我的研究会继续下去。我觉得人生的价值就在这里。”

陆少男激动起来：“可是，你忘记了，谁是你最敬重的老师？谁曾经救过你的命？又是谁发现了你的才能，为你铺平了研究生的道路……”

“这些我永远不会忘记的。”

“不，你忘了，你忘恩负义！”

“正因为这些，我不能明明看到老师的理论有局限，却还要违心地去维护它。”秦天雄辩白。

少男低头哭了，全身冰冷。

秦天雄沉重地：“少男，我知道你为我好，我很感激。但是你也要替自己想想，我现在自身都把握不了，前途未可预料。”

“这么说，论文你不准备换了？”少男抬起头来，脸上写着痛苦和绝望。

他吸了口气，咬咬牙，轻轻点头。

“我要坚持真理。”

“不，你这是自私，自私！”陆少男从他怀里挣脱出来，抽泣着：“你想的只是你的发现，你的真理，你想没想过我们？想没想过我！”

“我爱你，少男。”秦天雄深情地说。

“不，你不爱我，不爱！”陆少男泪流满面，哭着冲进大雨中。

这一刻，琼瑶的梦在她的心里全部崩溃了。

秦天雄举着伞追上去，大喊："少男！少男！"

她头也没回，苗条纤弱的背影被大雨吞没。

秦天雄一阵晕眩。顷刻，他听到一声惊天动地的霹雳在头顶上炸开，仿佛天穹忽然裂开了一般。一道蓝白色的闪电从眼前掠过，非常耀眼。突然，他看见漆黑的天幕上，用火焰写着几行大字，像霓虹灯似的在闪烁：

在科学的入口处，正像在地狱的入口处一样，必须提出这样的要求：

这里必须根绝一切犹豫；

这里任何怯懦都无济于事。

他惊呆了。这景象比北极光还要壮观、神奇。他睁大眼睛，再细看，蓦地，那些字消失了。

秦天雄全身震颤，呆呆地立在雨幕中，听凭雨柱在脸上、身上抽打。待他神志清醒过来，意识到最后一线牵挂也割断了。摆在他面前的是背水一战。他是豁出来了，什么都不顾了：陆教授的恩怨、师生情面、爱情、前程……

他等候着论文答辩的到来。这次答辩对他来说，也许等于上刑场。他做好了这个准备。

十四

答辩地点设在医学系阶梯教室。由于这是一场学生同老师的较量，不到九点教室里就满员了。

听众大多是医学系的学生，也有部分住院部的医生。其中大约三分之一的人是为好奇心驱使；另外三分之二，一半出于对秦天雄的同情和支持，一半则怀着希望看见叛逆者被恩师亲手结果的幸灾乐祸心理。答辩委员会由包括指导教师在内的五位心血管专家组成，三位为本院的权威人士，另两位为外校特聘，其中有欧阳文彬的父亲、华东医科大学的欧阳谦教授。这五个人操着答辩能否通过的生杀大权，如果意见出现分歧，最后以无记名投票表决。委员会推选欧阳谦教授为答辩委员会主席。

讲台的长桌蒙着洁白的桌布，摆着花瓶，几枝艳丽的塑料花从瓶中探出头来，为答辩的紧张气氛增添了一点活气。

答辩由欧阳谦教授主持。他身着铁灰色西服，系一条紫地红斜纹领带，身材伟岸，额头宽大，颇有学者气派。

“现在先请指导老师陆明翰教授介绍秦天雄的简历和学习情况。”他微笑着向陆教授示意，宣布道。那笑容也稍稍缓解了一点会场的紧张气氛。

陆教授走上讲台，从口袋里掏出一张预先写好的纸，用一种近于平和的声音宣读起来。秦天雄毕竟是他一手栽培的得意门生，各科考试成绩几乎全部优秀，在临床及实验室学习阶段，态度虚心，能结合临床实践深入基础知识的学习和研究，表现出色。这些陆教授都做了如实介绍。他的面部表情严肃，含威不露，让人有些捉摸不透。

还有听众从门外进来，把门的欧阳文彬向来者每人散发一份秦天雄的论文打印件。阶梯教室的后排已无空位。

轮到秦天雄宣读论文时，会场空气紧张得仿佛凝固了一般。

秦天雄在众目睽睽之下登上讲台。他今天穿了一件黑色仿皮衫，胸前厚厚的，宛若防弹的铠甲。由于紧张的缘故，他的脸色微白，喉咙也有些发涩，只有那一双眼睛，闪烁着倔强的光芒。论文的内容和文字他早已背得烂熟。此刻，他手握金属棍，侧身而立，一面指点着幻灯小银幕上的字幕，一面大胆地、逐字逐句把他的新论点抛了出来：

……

在冠状动脉粥样硬化的发生和发展中，血小板的作用近年来日益受到重视。流行病学调查发现，长期服用阿司匹林的类风湿性关节炎患者极少发生冠心病，这与阿司匹林抑制血小板聚集有关。

“动物实验研究发现：给家兔喂食高胆固醇饲料会导致高脂

血症，解剖可见，主动脉血管壁有明显粥样斑块，与此同时血液测定发现血小板微聚物显著增多；如果在给家兔喂食高胆固醇饲料的同时，加服一定剂量的血小板抑制药阿司匹林和潘生丁，结果发现家兔虽然有高脂血症，但血管壁并未出现粥样斑块，血液测定血小板微聚物正常。这提示了引起冠心病的可能是血小板，是血小板的异常活动……

因此，冠心病的防治，单纯强调限制饮食是不够的，而应该加强综合治理的研究，从流行病学、统计学、血液学、心理学、遗传学以至社会学等多元的角度进行系统分析。不从传统的框架里走出来，就不可能有新的发现！

……

论文闪耀着凌凌锋芒。传统的“血脂学”在讲台上受到公开挑战。

随着秦天雄略显机械的、有节奏的背诵声，幻灯银幕上闪过一张张表格、图形、数据。任何突破传统的新观念，在它诞生时都是以“叛逆者”的面孔出现的。一百六十年以前，一位年轻的俄国数学家，在讲台上大声宣称对统治数学王国两千多年的欧几里得第五公理提出怀疑，当时台下曾掀起一阵嘲讽和愤怒的巨浪。但正是这位名叫罗巴切夫斯基的青年，后来创立了非欧几何。他比秦天雄还年轻。

五位权威面朝答辩者坐在首排，专注地望着幻灯银幕。欧阳谦教授静静地品着茶。陆明翰坐在最右侧，从后面看不见他的表情。他厚重的背影紧贴着椅背，后颈上露出一圈白领，那颗高傲而博学的头颅一丝不动。

秦天雄宣读完了。他两手横握金属棍，躬身致谢。

没有掌声，没有喧哗，一刹那间，教室里出奇的静。

他的观点的确使人耳目一新。一座门窗紧闭的王国倏忽间吹来一股新鲜空气，不论赞成者或是反对者，引起的惊奇都是能想见的。

当然，陆氏学派不会善罢甘休。

不过，即便是下杀手锏，一切也要按程序进行。欧阳谦教授走上讲台，郑重宣布："现在请各位答辩委员提问。"

第一个站起来提问的是 S 医学院附属医院的内科主任舒医生，她是答辩委员会里唯一的女性，也是非主流学派的代表。秦天雄曾经向她请教过。

她外貌娴静，语气温婉，对论文给予了完全肯定的评价：

"选题既是传统的，又是先进的。冠心病的成因早在 19 世纪就提出来了，但血小板的影响重新得到重视，只是近 10 年来的事。秦医生的论文由此出发，在临床和大量实验研究的基础上，对冠心病成因大胆提出了新的解释，是很有创见的。论文从系统科学的观点来分析冠心病的发病机制，这一点很新颖，国内外均尚未见报道。现在，我只提一个问题，大家知道血小板的功能是不大好测的，你测定了那么多指标，操作中容易出现的系统误差是怎样克服的？”

第二个问的答辩委员，是南方某心血管病研究所的陈副研究员：

“毋庸置疑，这篇论文课题的确是比较新的，设计也有独到之处，层次也清楚，”例行的客套之后，陈副研究员话锋一转，“但是我感觉，论文的总体思想尚不成熟，待商榷之处不少。第一，我不太清楚，论文里提出的双平衡系统靠什么维持，因果关系究竟怎样？秦医生能否做进一步的说明。”问题渐渐切入内核，他提高了嗓门：“冠心病的病因医学界一直存在争论，但高血脂与冠心病发病率的关系迄今为国内外专家所公认，秦医生的论证并没有足够的理由推翻这一点……”

第三位提问的答辩委员，是罗副教授。他坐在陆明翰左侧，无论作为心血管教研室副主任，还是陆氏学派的副帅，他都是一位强有力的人物。事实上，他是这次答辩的主要行刑人。

他微微颔首，一字一句地说：“课题本身自然是无懈可击。”他转过脸，朝主席洒脱地一笑。抽象的肯定之后，随之给论文答辩者当头棒喝：“不过秦医生的系统平衡说立论失之偏颇。按照论文所述，似乎阿司匹林可以成为包治冠心病的百宝灵丹，事实上对冠心病患者使用抑制血小板药，目前在临床上还存在争议。再提一个问题：大量的病理解剖表明，急性心肌梗死患者去世后大约有百分之五十查不出新鲜血栓；而另一方面，纤维蛋白原示踪物标记显示，心肌梗死在前，血栓只是梗塞的继发现象。请问如何解释？我看了论文后，觉得解释不了。”

说到此处，他露齿一笑，那是一种充满自信和向对方发出致命一击的笑容。这猛烈的一击，基本上把这篇论文否定了。

听众席上出现了小声地喧动，有人窃窃私语。秦天雄处境险恶。他垂着视线，沉默地咬着嘴唇。

在秦天雄处于被动挨打的这种关键时候，欧阳谦教授站起来，说道：“我以个人名义谈点意见。”作为答辩委员会主席，他的意见具有举足轻重的作用。

“我本人非常欣赏这篇论文。它对人们长期争论的冠心病致病机制提出了崭新的见解，这在国内心血管界是一个创举，在国内外也尚未见到类似的报告。我认为这篇论文是代表我们国家水平的……”欧阳谦教授语惊满座，会场轰动。“我的一个学生到美国哈佛大学医学院攻读博士学位，也是这个选题，可见是处于前列的。”欧阳谦教授接着从专业角度分析了秦天雄的立论，指出他的科研设计是严谨的，提出的论据和结果也具有说服力，他环视着听众，高声说道：“当然，一个新的理论框架在它刚刚诞生时，难免有不完善的地方，甚至有些‘偏颇’，我认为这不奇怪。我们评价一个理论，主要应看它是否提出了新的东西，是否有所发现，这是最主要的！我为陆明翰教授，也是为我的老朋友能培养出这样的学生，感到由衷的高兴……”

掌声把欧阳谦教授的话打断了。

有听众向陆明翰投去关注的目光。

欧阳文彬脸上的表情有些不自然。

罗副教授点燃一支烟，狠狠地吸了一口。

会议主席的发言，使答辩的局势化险为夷。秦天雄从死亡线上被挽救过来。他的目光从记录纸上抬起来，默默地望着欧阳谦教授，眼里盈着感激和一种被人理解的慰藉。

5 位答辩委员已有四位亮了相。对论文的评价，否定意见与肯定意见各占两票。局势变得很微妙。不言而喻，决定秦天雄命运的那一票，操在答辩者指导教师手里了。可是，陆教授一直按兵不动，没有站起来发问。他正襟危坐，脸色由晴转阴，又阴转多云。只有坐在他身边的罗副教授能猜到他复杂的内心世界。

事实上，陆明翰此刻的心情非常矛盾。

从听罢秦天雄读完论文时起，他就确信了这是一篇有价值的研究报告。他听得很仔细。秦天雄的框架虽然还不成熟，但其系统平衡论中确有某种闪光的思想。这篇论文使陆明翰第一次正视了“血小板说”，至少它可以摆在同“血脂说”的同一高度来观察。他从心里承认，秦天雄果然是个人才。但是，陆氏学派是不会让一个叛逆者通过答辩的，这一点他和罗副教授都心照不宣。他知道，此时此刻，秦天雄的命运将取决于他这关键的一票。无情的否决，还是援之以手？在一刹那间，他犹豫了。

欧阳教授说完后，向他点头示意，他仍然没有表示。欧阳谦回首笑道：“在座的其他同志，也欢迎提问。”

答辩规定，任何一位听众都可以向答辩者提出质询。陆续站起来几个提问者，所发表的意见大相径庭。有的称论文选题先进，结论具有突破意义；有的则说论文“哲学的猜测多于科学的论证”，结论下得过早。这实际是方才委员们分歧的余波。但相比而言，否定的、攻击型的意见占着明显的上风。须知 S 医学院是陆教授主流学派的天下，陆明翰的学生、学生的学生代代相承，形成一个强大的超稳定的网络。任何一个不协调的因子，都将遭到排斥。近亲繁殖的劣根性，使这个学派在第三代就呈现出退化的迹象。固步自封，师云亦云，任何越轨的举动都会被视作大逆不道……

轮番轰炸完毕。主席先生站起来，用手掖了掖领带，转向陆明翰说：“如果没有提问了，就请秦天雄进行解答吧。”

陆教授点头。

秦天雄在硝烟弥漫中走上讲台。他两眼炯炯，毫无怯色。脸上焕发着一种发现了真理并且希望让人分享的容光和真诚。

“历来关于冠心病的病理研究，‘血脂说’也好，‘血栓说’也好，都是循着单一的因果论进行的，它把事物看成一段直线：起点——终点，原因——结果。事实上，世上许多事物不是简单的直线，而是复杂的圆圈。在圆周上，起点和终点是重合的。在一种情况下，原因表现为结果；在另一种情况下，结果又表现为原因……”秦天雄从容不迫地说。

陆教授端起蓝瓷茶杯，啜了一口，额上显出一条很深的纹线。

“我的论文并没有推翻‘血脂说’，也并不否认高血脂与冠心病发病率的关系。恰恰相反，论文中的系统平衡思想，是从我的导师陆教授的理论中获得启示的。我只是指出了血脂不是单一和唯一的原因。它只是决定冠心病发生的两个相关的圆上的一个环节……”

秦天雄在正面阐述了双平衡系统的机制后，旋即抽身出来，招架罗副教授的杀手锏。

“血栓形成究竟是急性心肌梗死的促发因素，还是仅仅为一个继发现象，目前还存在争论，但这并不影响系统平衡说的成立。部分心肌梗死死者查不出新鲜血栓有两种可能。一种是梗塞后在一定时间内血栓自行溶解了，这正是系统建立了新的平衡的标志。另一种是冠状动脉痉挛导致了心肌梗死。长期接触硝酸甘油的军工厂工人突然离职后，可发生心肌梗死，就是例证。硝酸甘油具有扩张血管作用，长期接触此物的工人冠状动脉呈收缩反应，以维持系统平衡破坏，一旦撤除硝酸甘油，平衡破坏，冠脉因强收缩而发生痉挛，导致心肌梗死。这两种情况，都系血小板——血管壁、血栓素 TXA2——前列环素 PGI2 双平衡机制失调所致……”

秦天雄侃侃论道。

欧阳教授频频颔首。

罗副教授转过脸同陆教授耳语。陆教授脸上没有表情。

秦天雄一气回答完 13 个问题。他轻轻吐了一口气，走下讲台，坐在一侧，等候评判。

这是决定他命运的时刻。尽管硕士论文答辩通不过的情况很少见，自己的结局如何，他却没有把握。面对国内第一流专家的提问，他小心翼翼，全力以赴，最后虽然不是遍体鳞伤，也是精疲力竭。他的全部智慧和能量，10 年的发奋，3 年的苦学，都对付上了。他忽然想起凡 · 高的一幅画。一座古老的茅草屋顶，前面是一块开着紫花的豌豆地和麦田，背影是群山、夕阳。凡 · 高对他弟弟说："我的作品是冒着生命危险画的，我的理智已经垮掉了一半。这都没有什么——你可以仍然走自己的路，怀着仁慈的心行动……"他此刻的心情就是这样，做了自己应该做的，但结果如何，不敢断定。陆教授的沉默，使他心里捏着一把汗。在答辩结束的一刹那间，他曾睹见教授深邃的眼睛里闪出温暖的光来，但转瞬即逝。他想起了 3 年前，也是在这间教室，陆教授亲切的面孔，那富有磁力的声音！正是他站在这个讲台上点燃了自己心中的火焰：

我们可以毫不夸张地说，冠心病是当今世纪的主要杀人凶手之一。但至今我们还没有完全揭开冠心病病因的奥秘……

此刻，他坐在讲台前的答辩委员席上，眼神严峻、陌生，双唇紧闭。秦天雄殷殷地望着他，从内心发出呼唤。他多么希望陆教授站起来，说一句肯定的话呀！

但是，陆教授终于没有动。

欧阳教授宣布："答辩到此结束。现在是 10 点 50 分，休会

30 分钟，我们答辩委员会举行会议，研究是否通过秦天雄的硕士论文。”

专家们起身。

半小时过去了，答辩委员们姗姗未至。阶梯教室里的听众左右顾盼。秦天雄不安地注视着大门。

又过了十五分钟，还不见委员们的影子。

12 点差 3 分。主席欧阳教授率先进场，后面尾随进场的是陆教授、舒医生、罗副教授、陈副研究员。5 人的表情各不一样，仿佛刚刚结束了一场联合国理事会。

欧阳教授走上讲台，双手撑在桌上，声音有些激动：“我非常遗憾地向诸位宣布，刚才答辩委员会举行了会议，对于秦天雄硕士论文的评价，由于意见存在分歧，最后进行无记名投票表决。表决结果：赞成通过两票，反对 3 票。多数答辩委员意见认为，论文的临床证据不足，因此不能授予秦天雄硕士学位。”

“哦——”台下骤然爆出一片看见野牛被长刃刺倒的惊叹声。几百条视线一齐射向秦天雄，仿佛要一睹他倒在血泊中的风采。有同情，有嘲讽，也有幸灾乐祸的快意。

陆门的叛逆终于被结果了。二比三，上帝的裁决！欧阳文彬斜睨着讲台，唇际欲笑非笑。

秦天雄咬紧牙关，脸色苍白。在那“哦”的声浪里，他的意识忽然消失。他什么也听不见，眼前只有一颗硕大无比的心脏在旋转，搏动。他仰首上望，倏然看见一个肌肉扭曲的身躯捆在木柱上，橘红色的火焰在四周炙烤，举火者是他的同门师兄弟，一张张大笑着的脸。

欧阳教授继续说道："但是我个人相信，我们答辩委员会的决定并不一定就代表真理。要知道权威有时也会犯错误的。在一切裁决中，时间才是最伟大的法官。现在闭会。"

全会戛然无声。

秦天雄沉重地站起来，在众人的注视下走出教室。穿过讲台前时，他在陆明翰教授面前停步，默默地鞠了一躬。姿势里凝聚着一种悲剧的韵味。这一鞠躬是被逐出师门时的谢恩，也是告别。从跨出阶梯教室的这一刻起，他只能同老师分道扬镳了！

礼毕转身，他像一个全军覆没的勇士，挺直着背脊，走出了这座金字塔。

十五

医学系乳白色的教学楼。那面无形无影的大旗依然高高飘扬在楼顶上。它象征着成就、荣誉、权威。白色的楼体、白色的门柱，看上去宛如一座坚不可摧的不锈钢城堡。

被逐出师门的秦天雄从白楼出来。

在门柱东侧，他蓦地看见陆少男悄然无声地站在面前。她的脸色苍白，神情恻然，眸子里溢出哀怨和怜惜。秦天雄有些狼狈，心里一阵隐痛。

刚才的答辩她全看见了！

秦天雄强抑着自己的感情，也不招呼她，继续朝外面走去。

“天雄！”陆少男在背后喊他，这一声发自肺腑的、让人心碎的呼唤，使他浑身一颤，在原地站住了。

“天雄，现在回头还不算晚，我可以去求爸爸，再给你一次机会……”

“不，你别说下去了。”秦天雄蓦然回首，打断了她，“我理解你的心情，也理解教授的态度，谁我也不怨。但是我不可能按你们给我指定的路走下去。我也知道后果，拿不到学位，失去眼前一切，大不了回我的街道卫生院。”

陆少男黯然神伤，心直往下沉。

秦天雄的语气软了些：“所以，少男，你们家决不会接纳我这样的人。我看得很清楚。生活不可能完美无缺。你还记得张先那阙《千秋岁》吗？”他凝视着她，轻轻吟道：“天不老，情难绝，心似双丝网，中有千千结……”

“夜过也，东窗未白孤灯灭。”她凄婉地接过下一句，眼前浮现出黄龙寺的夕照。

“我已经找到了‘双丝网’，我还要去解开‘千千结’！”他两眼射出生气勃勃的光辉，“就是下地狱我也愿意。”

“让我和你一道去吧。”

“不，少男，”他嘴角现出一丝讥讽的笑容，“你一直生活在童话的天国，你是公主，是教授的女儿。”停了一下，他接着说道：“你应该替自己想想，从家庭、学业各方面看，也许欧阳文彬更合适。他很有才华，各方面条件都比我好。我这是真心话。”

“不！天雄，我……爱的是你！”

陆少男泪水盈眶，痛苦地摇头。

“少男，这条路我是走定了，是不会回头的。”他的声音很冷静，但有一种苍凉感。他把话说绝了。其实他把爱深深埋进了心底，她是他唯一所爱的女孩子，他清醒而沉痛地意识到事业和爱情不能两全。啊，人生！

话说完，秦天雄踏着满地落叶向石阶走去。

“你会后悔的！天雄……”泪水顺着少男的脸颊滚落。她全身麻木，呆呆地望着离她而去的那个倔强而孤独的背影，心儿在流血。

秦天雄径直朝前，走下赭红色台阶。

陆少男泪流满面。

石阶的前面是林荫道，一幅斑斓的秋色。两行参天的银杏遮住了碧空。满目漆黑的枝干、金色的碎叶、攒动的人头。

秦天雄的背影融进了人流。

风吹动树枝，小扇状的银杏树叶纷纷飘落，像一片金雨。

陆少男泪流满面，怅然若失。从银杏金灿灿的深处，忽然飘来一曲缠绵悱恻的歌。她好像在做梦一样，呆然兀立。那是他们同唱过的《心曲》！歌声由远而近，伤心而轻柔：

在雨中，我见过你，
在夜里，我送过你。
在春天，我拥有你，
在冬季，我离开你。
有相聚，也有分离，
人生需要去努力！
有欢笑，也有哭泣，
不知谁能，谁能躲得过去？
你说人生艳丽，我没有异议。
你说人生忧郁，我不言语。
只有默默地承受这一切，
承受数不尽的春来冬去。
……

秦天雄的背影越来越模糊，最后从视野里消失。

歌声渐渐淡远。

陆少男神色黯然，心里留下一片空虚。

“少男！你怎么来啦？”一个年轻的声音在她耳边响起。

陆少男回头，看见欧阳文彬站在背后，脸上荡漾着胜者的快意。一群学生从大门陆续涌出来。

“我来看看我爸。”陆少男支吾道。

欧阳文彬瞟了一眼林荫道，故作若无其事道：“我早就给你说过，他太狂了，这是咎由自取。”

陆少男漠然地看着地上的落叶，没吭声。

欧阳文彬叹道：“不过平心而论，他的论文是有水平的，代表了心血管学界的一种新潮流。”

“那你为什么不帮他说句话？为什么！”陆少男抬起头，厉声质问。

“那种场合我能说吗？我爸爸那么赏识他，也没通过。古话说，‘木秀于林，风必摧之’，他太冒尖了，艺高盖师，必然难容。不过他自己也过于认真了，是自作自受。”

陆少男觉得一阵隐隐的刺痛。

欧阳文彬安慰她:“事情已经过去了。我的论文昨天就通过了，我们该好好出去玩玩。”

“我忙。”陆少男冷冷答道。

“忘了那些事吧，少男。我爸爸还特意问到你哩。” 欧阳文彬忽然喜形于色，从上衣口袋掏出一个精巧的小首饰盒。“这是我母亲送给你的！”

他打开烫金的盒盖，里面嵌着一只熠熠发光的绿宝石戒指。

陆少男默然不语。

“你收下吧。” 欧阳文彬期待地望着她。

陆少男仍然没有表示。这时，陆明翰教授正从白楼出来，前后拥着一些同行。陆少男迎了上去。

“爸！”

陆教授脸上露出一丝勉强的笑，显得很累。陆少男突然觉得他老了许多，面容困倦，嘴角现出了先前从未注意到的皱纹。

“是少男呀，越长越漂亮了。”走在后面的欧阳教授看见陆少男，高兴地喊道。

“欧阳伯伯！”陆少男满脸通红，上前施礼。

“你爸爸刚才又把我打败了，从哈佛大学留学起我们就是一对冤家。哈哈，三比二，S 医学院的传统势力还是很强大嘛！”

陆少男俊俏的脸上露出黯淡的微笑。

“文彬，你可别满足于踩着老师的脚印走路呀，”教授转过脸，教训乃子说，“那不会有出息的。”

他们一行沿着石阶逐级而下。

陆明翰一语不发，脸色黯然无光，仿佛战败的不是欧阳谦，也不是秦天雄，而是他自己。他这时的心情实际上非常难受。那是一种一位大师亲手处决了自己最得意的高徒的心情，沉重，痛惜，懊丧。他用这一牺牲维护了陆氏学派的威望和自己的面子。在形式上他是胜利了，但精神上他却失败了。走下台阶时，他感到一种难以言喻的疲软和悲凉。在讲台前，秦天雄向他鞠躬时的眼神给他一种痛心的刺激。他不愧是陆明翰的学生，在全军覆没时，表现得那样大度。失望和孤立无援者的眼睛里，含着爱和诀别……

十六

几天以后，秦天雄将没有通过的硕士论文丢进了邮筒。欧阳教授离开S医学院时，曾鼓励他道："不妨让你的见解去碰碰运气吧，记住布莱希特说过的话——真理是时间的孩子，不是权威的孩子。"

秦天雄怀着一试的心情，将论文寄给了国内一家权威的医学杂志。欧阳教授还带走了论文的英译稿，准备推荐给国外的几位心血管同行。

接下去，是夹缝里跋涉和默默地等待。硕士论文答辩没有通过的研究生，处境是很艰难的。在延长的半年期限里，导师的冷落，四周的白眼，上上下下的挤压，同行们的热潮冷讽，这一切，秦天雄都只能无声地承受。舆论同情弱者，却不能原谅离经叛道的人，有人甚至写匿名信给院里，要求取消秦天雄的研究生资格。

“成者为王，败者为寇”，古今皆然。欧阳文彬获得硕士学位后，因成绩优秀分配留校任教，成了心血管教研室最有希望的接班人。而他却只能躲在实验室里舔身上的伤口。

秦天雄并不后悔。这是他自己选择的荆棘之路。在极为困难的条件下，他继续着自己的研究，接连又完成了几篇论文：《血小板功能在冠心病发生中的作用》《高脂血症家兔血小板微聚物变化反抗 PA 药的影响》《冠心病之谜：哲学的钥匙》。

在不知不觉中，晚秋的最后一抹阳光也消失得无影无踪。阴冷的冬天来了。

秦天雄每天进出研究生宿舍楼，总要向收发室窗台投去希望的一瞥。他盼着论文的回音，但每次都失望了。元旦过去了。窗台上扔着许多无主的新年明信片，像秋风吹来一片片落叶，落满灰尘，被人遗忘。

春节前的一天，天气奇冷。

秦天雄一大早起来就觉得心神不宁，似乎有一种预感，好像要发生什么事情，这是一种奇特的直觉。

下午五点左右，他回宿舍楼。走进大门时，他发现了一个白色信封，醒目地立在玻璃窗里，远远望去就像一张鼓风的白帆。

果然，看门老头从窗外伸出花白的脑袋。

“秦天雄，你的信！”

他急切地接过信，扫了一眼信封的右下角，上面印着紫红色的《中国医学杂志》刊名和通信地。他的心猛跳起来，一种异样兴奋的心情顿时遍布全身，一刹那间紧张得呼吸都快停止了。

这是来自全国最有权威的医学杂志的答复啊！即便是不予采用，它也会做出一个评断。

秦天雄抖抖索索地把信封的一端撕开，从里面抽出一张用打字机打印的公文笺。他定睛一看，不禁大为震动：

秦天雄同志：

寄来的论文《系统平衡说：冠心病致病机理新探》收到，我们认为这是一篇有创见的研究报告。经编委会研究，决定采用，已发本刊 14 卷第 1 期。特告。

希望你把研究工作深入下去，并请向指导老师陆明翰教授顺致敬意！

《中国医学杂志》编辑部

×月×日

文后盖着编辑部的红印。

秦天雄激动得热泪盈眶。他把采用通知反复读了好几遍，一阵阵压抑不住的狂喜涌上心头。他只觉得眼前升起一片霞光，照得他容光焕发。待他从片刻如痴如醉的状态中醒来时，首先想到的是把那这个喜讯告诉陆少男。

他拿起收发室的电话，拨了一个号码，听筒里传来“嘟嘟”的忙音。他有两三个月没给美术出版社挂电话了。

他按按话键，再打，仍然占线。

热血在他的周身奔涌。关山阻隔，咫尺天涯。他心里有许多话要向少男倾吐，他一直在等着这一天。

他啪地撂下话筒，翻开电话簿，一页一页地寻找。在一片数字的夹缝里，好不容易查到少儿出版社的号码。少儿出版社就在美术出版社的楼下。

他重新拿起话筒，拨少儿出版社。

电话拨通了。听筒里传来一个年轻女人的声音：“喂，你找谁？”

“请找一下陆少男。”他觉得自己的声音在发抖。

“她不在这里，你挂美术出版社。”对方欲挂电话。

秦天雄慌忙地：“谢谢你帮我喊一下！楼上一直占线。”

“你是她什么人？”对方好奇地问。

“朋友。”

电话搁下了，听筒里传来一声尖细的呼叫：“陆少男，电话——”

片刻，年轻女人返回说：“她不在。”

秦天雄很失望。

“请问她今天来上班了吗？”

“她请结婚假了！”

“什么？结婚假……”秦天雄张口结舌，几乎不相信自己的听觉。

“是的，她们室主任讲的。”

“是谁结婚？”他紧张地问。

“当然是她呀……”听筒里传来戏谑的笑声。

秦天雄呆呆地搁下话筒，仿佛一声晴天霹雳，把方才的狂喜击得粉碎。他的心猛然下沉，像是坠入无底深渊。

她这么快就要结婚了？不，不会的。他蓦地一下清醒过来。也许是出版社的人在开玩笑？他思绪纷乱，满腹狐疑，心里惴惴的。

他拿起话筒，迟疑了一下，终于拨通了陆教授家的电话。

“嘟——，嘟——”

有人拿起了话筒，他的心弦绷紧了。

“喂，哪里？”是陆母。

“陆伯母，是我，秦天雄。”

“噢，有什么事。”口气冷淡而客气。

他想问少男，但脱口而出的却是另一句话：

“陆教授好吗？”

“谢谢，他正忙哩。”

屋里好像有客人。听不清声音。

树木掩映的教授楼与研究生楼隔着新月湖，近在眼前，又远在天边。

秦天雄唇干舌燥，他结结巴巴地问：

“少男……她在吗？”

“她，不在家。”

他想问：“她要结婚了吗？”但话到喉咙口梗塞住了。这太唐突，再说从陆母冷冰冰的话里，也没有任何喜庆气氛。正犹豫间，对方把电话挂断了。

整整一个傍晚，秦天雄都心神不定。晚饭也没去吃，一个人关在宿舍里给少男写信。不知是因为寒冷，还是激动，他的手指瑟瑟发抖。写一页，撕一页，信总不成文。

从远处传来一阵爆竹声，还有音乐、锣鼓，不知道什么事。忽然走廊上掀起一片嘈杂声，伴随着年轻人的嬉闹。有人在他的门上重重敲了几下。

“嘿，快去吃欧阳的喜糖呀，在陆教授家。”

他猛然醒悟是欧阳文彬结婚，拔腿就往外跑。

朦胧的暮色笼罩着医学院。天空一片混沌。新月湖对面闪着耀眼的亮光。林子里有归巢的鸟雀在叽喳鼓翅。

秦天雄喘着气，拼命奔跑。

欧阳同谁结婚？陆少男？他不相信她会这么快结婚。他们才分手 3 个月！ 3 个月，就发生了这么大的变故吗？

不觉间，有一粒冷浸浸的东西落在脸上，是雪。天寒地冻，他的心却在被焚烧。

他疾步赶到教授楼，远远地站住了。

那堵熟悉而又久违了的大门就在眼前。门楣上贴着红纸剪的“囍”字，门前停满自行车。一地的爆竹纸屑，红彤彤的，像缤纷的落花。

从楼里传出一阵阵欢乐的声浪，歌声、笑语，伴着门德尔松的《婚礼圆舞曲》。

他怔怔地立在原处，心脏突突乱跳，脑子里一片空白。

有人放焰火弹，嗞嗞地，一颗、两颗、三颗……，红黄绿交辉，一片光华。空气中飘来一股火药味。

秦天雄在门前徘徊。他几次想踏上台阶，叩门而入，但都强忍住了。他知道这扇通往客厅的温馨的大门，已经向他关闭了。而且是永远。

他踅过身，悄悄走近阳台前，阳台里是少男的房间，他攀上阳台，隔着粉红色的窗帘，朝窗里窥望。房间里空无一个。在花团锦簇之中，他突然发现墙上挂的一幅彩色结婚照。

“啊！”他像触了电似的。

新娘披着白纱，身材苗条，嘴角含着甜蜜的微笑，分明是陆少男。

秦天雄这时才明白一切已不可挽回，他失去了最珍贵的东西。那深深藏在心底的爱，此刻就像岩浆一样灼烧着他。他当时回绝少男，是因为他同教授之间那堵墙的阻隔。他相信自己最终能越过这个障碍，没想到失去得这样快。

他跳下阳台，心里呈现出一片白色的荒芜。

欢快的音乐仍在荡漾。他却感到一种失落、一种懊悔、一种异样的揪心的痛楚。

阳台里的窗口发出醉人的光辉。雪花飘落飞舞，在灯光映照下如同金蛇狂舞。

秦天雄抬起头，眼眶忽然湿了。

不知在原地站了多久，他最后望了一眼那个窗口，然后离开了。

刚走两步，他的脚步就停住了。他听见楼里的婚曲换了一首。那歌声他非常熟悉，像一股巨大的磁力把他吸住了。那是《心曲》！穿过纷纷扬扬的雪花飘来，甜蜜、苦涩、温暖、悲凉……

在雨中，我见过你，

在夜里，我送过你。

在春天，我拥有你，

在冬季，我离开你。

有相聚，也有分离，

人生需要去努力！

有欢笑，也有哭泣，
不知谁能，谁能躲得过去？
你说人生艳丽，我没有异议。
你说人生忧郁，我不言语。
只有默默地承受这一切，
承受数不尽的春来冬去。
……

一滴豆大的泪珠顺着秦天雄的脸滚落下来。

他哭了，为失去的，也为得到的。

这时，门口涌出许多人，新郎新娘送客出来。秦天雄站在暗处，幽幽地望去。欧阳文彬黑西服，花领带，衣襟上插一朵红绢花，看上去潇洒漂亮，志得意满。陆少男穿一件桃红色大衣，分外妩媚，温柔，光艳照人。

客去，新郎新娘返身进门。陆少男刚转身，意外发现兀立在暗处的秦天雄。她怔了一下。

“天雄！是你？”她奔了过来。

秦天雄一字一顿地：“恭喜你做新娘了。”

少男表情复杂。听他话里分明藏着无限的痛苦，可叫她作何解释。

“谢谢。”她轻轻地说，脸上掠过一片红晕。

秦天雄心里一阵酸楚。

他从口袋里掏出《中国医学杂志》的回信，递给她说：“我的论文被《中国医学杂志》采用了，特来向你报喜。”

“真的？”少男接过信，脸上浮现出悲喜交集的表情。她把信举到亮处，一边辨认，一边在心中喃喃自语：他终于被承认了，被承认了！

“少男，我爱你！”秦天雄感情难抑。

“你为什么不早告诉我？天雄，为什么？”陆少男觉得一阵昏眩。

“今天我刚接到通知。”

“不，你为什么不早这么说？”陆少男眼里盈着泪。

“为什么你这么快就结婚了？这是为什么！”秦天雄粗暴地诘问她。

陆少男痛苦地摇头。

他有权力这样责怪吗？他叫她等过自己吗？

他蓦地握住她的手。

秦天雄发觉她的手冰冷，他的手心触到一个坚硬的东西，是结婚戒指。他的手松开了。

他知道一切都不能挽回，她已经不属于他了。

雪花静悄悄地飘落。

他们默默站着，相对无言，彼此能听到对方的呼吸声。

“进去坐坐吧。”陆少男强作笑颜。

秦天雄摇摇头。

秦天雄忽然觉得自己不该闯来。

他语调苍凉地说：“少男，祝你和欧阳幸福，问陆教授好。”

说完，他一扭身，头也不回地踏着薄薄的雪走了。

欧阳文彬发觉新娘没进屋，返身出来。

“少男，怎么啦？”他看见她两眼红红的，有些诧异，一把揽住她，温存地说：“当心冻着。”

“秦天雄来过了。”

“呵，”欧阳文彬一怔，旋即大度地说：“怎么不请他进来？”

“他走了。”她喃喃低语，像是远方的回声。

她再也不能把他唤回来了。

客厅里宾朋满座，大多是充满青春活力的年轻人。满屋荡漾着轻音乐的旋律，幽默的谈笑，袅袅的青烟。有人起哄叫新娘表演节目，掌声四起。

陆少男歉然施礼。欧阳文彬忙着在客人中间周旋应酬，向大家递烟敬糖。

“爸爸，天雄的论文就要发表了！”陆少男向父亲转告，“他还问你好。”

“噢，什么杂志？”教授一震。

“《中国医学杂志》，编辑部还特地向你致意哩。”她说。

陆教授嘴角露出隐约的微笑，表情非常复杂。秦天雄，他的学生，终于从他身边跨越过去了！

“拿酒来！”陆教授突然大声说。

陆母很诧异，犹豫着未动，因为教授从不喝酒。

“叫你去拿！”老头作色。

“明翰？”陆母不安地瞅着他。

陆少男端来了一杯红葡萄酒。

陆教授接过杯子，一饮而尽。他脸色微微泛红，显得很兴奋，连额上的皱纹都舒展了。

陆少男目光异样地看着父亲。

突然，教授感到一阵剧烈的心痛，脸色苍白，大口喘气。陆母惊慌失措。陆教授吃力地抬起手臂，指指上衣口袋，掏出一个小巧的金属盒，打开来，从里面取出一颗白色药片。但药片还没来得及给教授含在嘴里，教授已瘫倒在沙发里。

十七

讣 告

我国著名心血管专家、S学院心血管专业创建人陆明翰教授，因急性心肌梗死并发心力衰竭，抢救无效，于2月20日凌晨4时45分，在S医学院附属第一医院逝世。终年65岁。

陆明翰教授，安徽省旌德县人，1942年毕业于S医学院，曾留学美国哈佛大学医学院，成绩出类拔萃，回国后在S医学院任教，历任讲师、副教授、教授。新中国成立后，继任S医学院教授、内科主任兼心血管教研室主任。

陆明翰教授在冠心病的发生防治方面取得了突出的成就，他的学说被命名为“陆氏理论”，他本人也曾获得美国医学界最高学位——科学博士（D · Sc · ），并当选为中华医学会心血管病分会主任委员。

……

陆明翰治丧委员会

1985年2月21日

陆明翰的逝世，在S医学院引起很大的震动。我国医学界的一颗一级亮星陨落了！他的死，在人们心中留下了无尽的怀念和哀思……

他的病实际是多年积累下来的，他自己却忽视了。这是职业造成的疏忽，也是职业所需求的一种忘我精神。陆明翰心脏不适已有多年。他虽然严格控制饮食，但却没能戒烟。有医学文献记载，长期吸烟可抑制前列环素的生长和分泌，加剧血小板聚集，引起冠状动脉痉挛；增加内皮细胞通透性，促进脂质进入细胞；抑制纤维蛋白溶解，增加碳氧血红蛋白浓度，造成缺氧。从而，激发冠状动脉粥样硬化，促使冠心病发生。

陆教授的死，悲剧性地为“陆氏理论”做了一个补充。

但也有学者认为，陆教授的发病不一定是吸烟所致。关于抽烟与冠心病的相关性，医学界的意见尚不完全一致。资料表明，某些吸烟普遍的国家或地区，比如日本，冠心病发病率并不高；我国京沪等城市调查，亦未发现吸烟者中冠心病患者大幅度增加。这的确还是个谜。自从那次硕士论文答辩后，陆教授一直感到内疚和遗憾。他没有向任何人表露过这种情绪，但心里承受着很大的心理压力和精神负担。再加上气候寒冷、情绪格外激动以及饮酒的刺激，对他的猝然发病也许产生了直接影响。

他的死，同时表明了，人类要征服冠心病，还有一段艰苦的路程，还需要许多后继者勇敢地去探索。

陆教授临死之前未能见到秦天雄一面，也许这是他一生中最大的遗憾。

弥留之际，陆教授对前来探望的院长说：“我一生中最大的发现是秦天雄。”在他向人生告别的最后时刻，他承认了秦天雄是他最好的学生。他的灵魂最终得到了安宁！

尾声

几天之后，秦天雄的硕士论文《系统平衡说：冠心病致病机理新探》，在刚出版的《中国医学杂志》上以显著位置刊载出来；美国最权威的医学杂志《JAMA》几乎同时也刊载了这篇论文的英译稿。论文在国内外医学界产生了强烈的反响。

紧接着，他的另外几篇论文也先后在国内外几家有影响的杂志上发表出来。

正如陆明翰所预见和期望的：他成了心血管学界一颗冉冉升起的新星！

可惜的是，这一切陆教授却没能亲眼睹见。

秦天雄的研究成果引起了美国哈佛大学医学院的瞩目，这所四十年前曾经接纳中国青年医生陆明翰的世界闻名的医学高等学府，今天向他的学生发出了盛情邀请，希望秦天雄以访问学者的身份前去该院讲学和合作研究。他还被聘为国际心血管学会学术委员会最年轻的委员。他最后去了。科学是没有国界的，它是属于全人类的财富，而科学家有自己的祖国。他将代表炎黄子孙，走上世界医学界的讲台。

他是一个成功者，但是他的成功付出了极大的代价。对他有知遇之恩、教育之情的陆教授撒手而去，他同时失去了深深爱着他的人。他有成功的喜悦，也有成功的悲哀。

五月，怀着依依惜别的心情，秦天雄离开了 S 医学院。

在机场上，他意外发现陆少男来为他送行。

她穿一件淡雅的外套，头发用一条黑缎条随便地绾在脑后。看上去她变得沉静了，使人感到一种圣洁的美。但是她的眸子里还含着往昔的影子。秦天雄穿一身新制的米色西服，看去还不大习惯，脸上的线条还是那样粗犷，一双眼睛，闪露着那种熟悉的亮光。

银色的客机像只巨鸟静静地停在机坪上。

“祝你鹏程万里！”她在检票口和他握手告别。

“谢谢你……”他握着她温软的手，心中升起一种失落的、淡淡的惆怅。他明白自己失去了永远找不回来的东西。

“你会重新得到爱的。”少男祝福他。

他苦笑了一下。

“再见。”她说，鼻子酸酸的，但她忍住了没有掉泪，竭力露出一个温柔的笑容。

“再见。”他说。

他走了，跨过检票口，大步向波音 747 客机走去。

一轮橙红色的太阳从机身后面升起，映着机场，霞光万道。

陆少男突然觉得秦天雄溶进一片光焰之中，她的耳畔响起美院老师说过的那句话：

“哦，凡 · 高，他扑向太阳！”

心之恋

[影视文学剧本]

（根据《特区文学》同名中篇小说改编；1990年成都电视台、成都市文联联合摄制电视剧，编剧、导演松鹰，并在中央电视台播出；1991年1月24日中国电视艺术中心举行观摩研讨会——编者注）

（幻景）一颗硕大的心脏徐徐旋转着由远推近。后面是黑色的背景，像宇宙空间一样深不可测。

心脏不停地跳动着，通体紫红透亮。

“扑通、扑通”的声响，宛若原始的战鼓擂着耳膜。

心脏不停地在跳动。

突然，“扑通、扑通”的声音戛然而止。

鲜红的心壁渐渐变成暗紫色。

一张慈蔼而模糊的面孔迭现出来。看不清脸的轮廓，只有在天幕深处的那双眼睛亮有微光，殷殷地注视着镜头。

一个低沉而奇异的声音从天外传来，仿佛在召唤什么。

苍凉、粗犷的声音顿起。

涌动的血潮。

赫然推出片名：

心之恋

在歌声中，一只扁圆的小舟漂流而下。

（叠演职员表）

一个少年从舟中仰起脸。

舟是红的。潮水是红的。少年的脸也是红的。

小舟在狭窄的河道里东碰西撞。

少年在舟上顽强地挣扎着。

河水滚滚发烫，冒着气泡。

河面上升起一团奇异的红雾，把视野遮住了，什么也看不清楚。这红雾带着神秘的色彩。整个世界变成了一片诱人的血海。

小舟时沉时浮，随波逐流，不知被载向何方。

少年惊奇的面孔。

忽然前面出现一个巨大的漩涡。

漩涡里迭出凝固不动的心脏。

心脏鲜活地跳动起来，通体紫红透亮。

“扑通、扑通”的节奏由远及近。

一轮红日静静地悬在漆黑的地平线上方。

字幕（演职员表）完，歌声止。

晨雾中的诺日郎瀑布。

陆少男从雾中走来。看上去她只有 21、2 岁，身穿黑白方格夹克衫，戴一顶乳白色贝雷帽，肩上挎着写生画夹，模样儿很漂亮，一幅美院学生的潇洒派头。

陆少男的画外音："啊，九寨沟！那像梦一般神秘的地方。我就是在那里第一次遇见秦天雄的……"

陆少男在距瀑布一箭之遥处站住，凝眸眺望。

诺日郎瀑布如白练凌空。瀑布后面是一脉淡紫色的山脉。山上朦胧地现出错落有致的森林。各种色调，织成一种奇妙的旋律。

陆少男的画外音："诺日郎景色之美我永远也忘不了。看上去它就像东山魁夷笔下的神品。不，那种深沉静美的情调，远远超过了那位日本画圣的笔所达到的境界。"

陆少男在画布上疾速地写生。

画笔蓦地停住。陆少男诧异的目光。

画面右下方现出像石雕一样呆坐的秦天雄，30 岁出头，他穿一件运动衫，托着腮，坐的姿势颇像罗丹的《思想者》，膝上摊着一本厚书。在湿润的雾中，他的身影显得有些孤独、惆怅，画面的和谐被破坏了。

陆少男眉头微皱，扔下画笔，走上前很不客气地："喂，能挪挪位吗？"

秦天雄抬起头来。这是一张温厚而极富男性特征的脸。尤其那一双憨厚中透着灵性的窝眼，幽幽的，仿佛在问："哪点得罪你了，小姐？"

陆少男骄傲地一笑："你挡住我写生的视线了！"

"哦。"秦天雄觉醒地站起来，准备闪开。

就在他合上书的一瞬间，陆少男的目光像磁石般被吸住了。

这是一本精装医学书。乳白色布纹封面。书名烫着金字：《冠心病》。著者：陆明翰。

陆少男的画外音："当时我怎么也没想到，他读的是我父亲的专著。"

陆少男惊奇地重新打量了他一眼。

"这本书……你哪里来的？"她问。

这问题也问得怪，未必会是偷的或捡来的。

秦天雄朝她一笑，并不答话，拍拍屁股，走了。

陆少男窘住了，望着他的背影，有些惘然若失。

天上飘起了雨丝。秦天雄一边朝坡上走，一边小心地将书藏进怀里。

陆少男突然发现，刚才他坐的石头旁，长出一片红色的野花，色素饱和、浓烈，火辣辣的，像在燃烧一般。

陆少男的画外音："那时我还不知道他的名字，也不知道他的身世和经历，可以说对他是一无所知。但是我感觉到在这个陌生青年身上，有一种说不出的东西感动了我。"

黄龙寺山麓下〔第二节〕

黄澄澄的熔岩映着夕照。两侧是苍茫的原始森林。

陆少男沿着一块岩石向上攀缘，欧阳文彬伸手把她拉上去。两人态度亲昵，一看便知是一对朋友。

陆少男和欧阳文彬站在熔岩上，向下面眺望。欧阳文彬25岁，衣着入时，风流倜傥。

陆少男赞美地："这景观好雄奇，好壮观！"

欧阳文彬眉飞色舞地："九寨之美在水，是阴柔之美；黄龙之美在山，是阳刚之美。"

陆少男："真没有白来，黄龙才是真正的男神。"

山涧缭绕着一抹淡淡的雾霭。雾的颜色紫里泛红，很奇特。陆少男从来没有见过紫红色的雾，不禁嚷道："看那红雾！"

欧阳文彬不经意地瞥了一眼，道：“快洗脸去吧，马上要开饭了！”

陆少男仍然凝视着红雾，似有不舍之意。

微风从山谷吹来。陆少男肩上搭着毛巾，朝沟里走去。

这时，秦天雄正从沟底走上来。

两人擦肩而过。

陆少男一阵心跳。

忽然，她听到背后传来一个浑厚的男中音：“你的书掉了！”

她摸摸裤兜，果然。

秦天雄从地上拾起一本琼瑶的《心有千千结》，很有礼貌地递给她，转身欲走。

陆少男激动地：“请等等，我还没有谢你哩！”他身上那股十足的男性气概吸引住了她。

秦天雄温厚地一笑：“不必了。”

陆少男眼里闪着亮光：“你读过琼瑶的小说吗？”

秦天雄平淡地：“读过几本。”

陆少男：“这本呢？”

秦天雄：“读过。”

陆少男：“喜欢吗？”

秦天雄略一顿，说：“一个动人的故事，只是编得过于圆满。”

“圆满？是的，”陆少男开心地笑起来，笑声里透出奔放不羁的天真性格，“生活不正是需要圆满嘛！那首词写得真美。‘心似双丝网，中有千千结’。”

秦天雄随口吟道：“‘夜过也，东窗未白孤灯灭。’”

陆少男很意外：“哇，你背得？”

秦天雄：“信口胡诌的。那是宋朝张先的词。”

陆少男突然好奇地问："你是学文的？"

秦天雄报以一笑，不置可否。

陆少男把头发向肩后一甩，说："我很喜欢琼瑶的作品。坦白讲，我认为当今中国文坛的女作家，没有一个超过琼瑶的。"

秦天雄略含讥讽地："也许是。不过琼瑶写的只是爱情童话，很纯、很美，但一碰就碎。"

他们的背后是夕照，雾霭，原始森林。四周是山的旋律，水的鸣奏。

陆少男微微仰头，调皮地："我猜，你看医学书是为写作找素材吧？"

秦天雄："我不是学文的，小说只在休息时偶尔翻翻。"

"你懂不懂美术呐？"陆少男想占领制高点。

秦天雄："稍懂一点。"

陆少男："哇！你最喜欢什么流派？"

秦天雄："我喜欢凡·高。"

陆少男的画外音："我万万没想到，在众多的流派和画家中，他会说出这个名字。因为凡·高是我最崇拜的画家。他的作品几乎每一幅都透露了作者的心脏在跳动。这一点欧阳文彬从来没有理解过，也永远理解不了。"

陆少男（突然遇到知音的感觉）："你喜欢凡·高？"

秦天雄："是的。"

陆少男："为什么呐？"

秦天雄沉吟道："不为什么。他笔下的太阳、麦浪还有灿烂的星空，能使人感到生命的脉动……"他说得很平静，目光望着悠悠的远方。

陆少男兴奋的眼神。

"哦，我失陪了。"说完，他径直走了。

陆少男追上两步："嗨，我还没问你尊姓大名哩。"

秦天雄的背影只向空中举了举手，并未回头，也没停步。

"嗨……"

陆少男还想喊，忽然手臂被欧阳文彬拽住了。这位守护神满脸的不悦。

"这人值得你花这么多时间吗？"欧阳文彬悻悻地嘟哝。

陆少男生气地甩开他的手："你这是什么意思！"

欧阳文彬："你母亲关照我的要保护好你。"

陆少男："我又不是小孩子了，还要人管！"

欧阳文彬有些轻蔑地："这人不过是一个旁听生。"

陆少男审视他，语气缓和了些："你们认识？"

欧阳文彬："我们上大课时，他总坐在最后一排。"

陆少男若有所思的眸子。她望了一眼高坡处，秦天雄的背影已消失在红色的暮霭中。

〔第四节〕S医学院医学系大楼

乳白色的教学大楼。陆少男在楼前踯躅。

陆少男抬腕看表，不时朝赭红色石阶方向探探头。

离上课只有几分钟了。进大楼的人渐渐稀少。白楼前显得空荡荡的。

秦天雄踏着石阶向大楼跑来。他满头的汗，腋下夹着书和笔记。

陆少男一阵惊喜。她想迎上去招呼，犹豫了一下，停住了脚步。

秦天雄像没有觉察到她的存在，疾步走进了白楼。

陆少男失望的眼神。

欧阳文彬的画外音："我们上大课时，他总在最后一排。"

陆少男从阶梯教室的窗口外，悄悄向里面张望。

一张张年轻而专注的面孔，像向日葵一样朝着讲台。

欧阳文彬的面孔，他的目光显得自信而又自负。

陆少男的视线徐徐向阶梯的顶部搜索。

最后一排靠边的位子上，果然坐着秦天雄。那张棱角分明的脸膛，此刻显得单纯而虔诚。

教室里听众爆满，连窗台上都坐满了人。医学系只有一个人的讲座对学生具有这样大的魅力，那就是陆明翰教授。陆少男把目光投向讲台，主讲人果然是父亲！

陆教授身着中山服，蓄着美髯，个子不高，但显得很有威仪。他身后的黑板上，写着一行醒目的大字：

冠心病临床研究进展

教授侃侃而谈。他说话的声音徐和、稳重，仿佛有一种威力把大家镇住了，全场鸦雀无声。

陆明翰的画外音：“冠心病是冠状动脉粥样硬化心脏病的简称。它是当今世界三大医学难题之一，据统计数字表明，地球上每年死于冠心病的人数约占全部突然死亡人数的百分之八十……”

一张张专注的面孔。

秦天雄不停地在本子上做着记录。抬头注视讲台时，他的目光炯炯的，像在燃烧一样。

陆明翰的画外音：“我们可以毫不夸张地说，冠心病是当今世界的主要杀人凶手之一。正因为如此，冠心病目前已成为世界上的重大医学课题。有许多学者在这个领域里做了大量研究，至今尚未完全揭开冠心病病因的奥秘……”

教授的话透过窗玻璃传出来。

陆少男沉思的面孔。那圆润的声音勾起她的回忆。

（闪回）陆明翰给一个婴孩喂东西。

画外音：“少男，把蛋黄咽下去，快咽呀，不然要变成小瘦猴的！”

（闪回）陆明翰牵着一个小姑娘过水沟。

画外音：“少男，跳过去，跳呀，别胆小！”

（闪回）陆明翰穿着白大褂，严肃地注视着天真烂漫的陆少男。

画外音：“少男，你既然决定报考美院，爸爸不反对。但你要记住，医学是世界上最崇高的一门科学。

教授的声音戛然而止。

秦天雄用手托腮，痴痴地望着讲台。

教授说了句什么。秦天雄突然把右手向空中举了举，那姿势就像在黄龙寺山麓一样。

教授示意。秦天雄站了起来。在一刹那间他有些紧张，眼睛望了望天花板。稍微镇定了一下情绪，他才开始答话。待他说完，教室里掠过一阵喧哗声。接着，有人意外地鼓起掌来。

秦天雄不动声色地坐回原处。陆教授却微微一笑。

〔第六节〕S医学院林荫道

陆少男追上了秦天雄。

“喂，我可以占你几分钟时间吗？”

秦天雄回过头，不解地瞅着她，眼神里只有光，没有热。

陆少男：“你忘啦，上次我们的话还没有谈完。”

秦天雄脸上的线条变柔和了些。

陆少男：“冠心病真的这么可怕吗？”

秦天雄：“是的。”他瞟了一眼陆少男，不解地：“你对冠心病也有兴趣？”

陆少男诡秘地一笑，没有回答。她从挎包里取出一幅写生画，递给秦天雄：“能给我提点意见吗？”

秦天雄把画举到稍远处，眯缝着眼，端详了片刻。

画中的诺日朗瀑布笼罩在飘渺的雾中。

秦天雄：“你愿意听实话，还是听恭维？”

陆少男：“当然是实话。”

秦天雄：“画面很美，色调也不错，但可惜是一幅失败之作。”

陆少男脸蓦的红了：“失败之作？能请教为什么吗？”

寨天雄：“画得过于美了，九寨沟成了仙境，大自然的神韵没有了。”

陆少男（被激怒了）：“依你说九寨沟的神韵是什么呢？”

奏天雄：“我说不准，”他瞥了一眼路边的冬青和一品红，“也许是原始的粗犷，神秘感，还是别的什么，但至少它不是梦，不是格林童话。”

陆少男咬着嘴唇，满脸的不自在。

秦天雄：“对不起，也许我说得太直了。”

陆少男（不甘心地）：“我家就住在院内，我还有几幅写生画，你愿意瞧瞧吗？”

秦天雄：“很抱歉，我还得赶回去上班。”

陆少男：“你今天还要上班？”

他们沿着林荫道走着。

秦天雄：“嗯，我是来旁听的，时间很紧。”

陆少男：“旁听结束后，你有打算吗？”

秦天雄迟疑了一下，说：“我准备考研究生。”

陆少男（好奇地）：“你想考哪个专业？”

秦天雄：“心血管专业。”

陆少男（欣喜）：“是陆明翰教授吧？”

秦天雄：“是的，不过考他的研究生很难。”

陆少男（调皮地）：“他是个好老头。”

秦天雄：“好老头？”

陆少男：“对，好老头，他是我的父亲大人！”

秦天雄（扫了他一眼）：“你可不像你父亲。”

陆少男：“为什么？”

秦天雄：“他是一尊塑像，你是一只黄雀。”

陆少男：“想说我是黄毛丫头，对吧？”

秦天雄笑了，略微带着揶揄。

陆少男：“你有把握吗？”

秦天雄：“坦白说把握不大，试试看。”

陆少男：“没关系，你需要什么资料尽管找我。”

秦天雄：“找你？”他皱了皱鼻翼，又笑了。

陆少男：“你能不能留个电话和姓名给我，有时间我给你联系。”

秦天雄没有表示。

陆少男嫣然一笑，从衣袋里掏出一张卡片，递给他：“这是我的名字和电话。”说完，期待着对方的反应。

秦天雄犹豫了一下，掏出笔来，一边找纸片。

陆少男大方地伸出左手。

他在她的手心上留下 3 个粗大的字迹：

秦天雄

秦天雄：“对不起，我失陪了！”说完，他大步走了。

陆少男轻轻攥紧手心，在心中喃喃念道：“秦天雄、秦天雄……”

〔第七节〕白芙蓉咖啡厅

壁上挂着几幅风景油画。厅里的气氛显得富丽、高雅。女服务员一个个化着淡妆，彬彬有礼。

欧阳文彬端起杯子，啜了一口咖啡。他默默地品尝着苦涩的滋味，神态有些寥落。

陆少男坐在他对面。她今天穿一件绛红色风衣，一头乌黑的长发随便地披在肩后。

厅里回荡着舒缓的音乐。

欧阳文彬慢慢旋转着杯口。

（幻觉）整个世界都在他眼前旋转，光、影，红色的风衣……

陆少男："喂，你邀我来，就是为了喝这雀巢咖啡呀！"

欧阳文彬："不，少男，我想同你谈谈。你最近的情绪有点反常。"

陆少男掩饰："有什么反常的？"

欧阳文彬："从九寨沟回来，你像总在躲着我。"

陆少男："谁说的！我忙。"

欧阳文彬阴沉地："忙？还不是为了那个秦天雄。"

陆少男脸涨红了："你怎么这样说话？"

欧阳文彬："有人看见的，你在院里的林荫道上同他在一起。"

陆少男（气咻咻地）："你在盯梢呀！"

欧阳文彬："不是我，别人说的。"

陆少男："同谁在一起，这是我的自由。你管不着！"

欧阳文彬："你并不了解姓秦的，这个人狂得很。"

陆少男："你不觉得背后中伤一个人很不光彩吗？"

欧阳文彬："少男，难道你忘了我们青梅竹马的感情？你应该属于我。"

陆少男（咯咯地笑起来）："我属于你？我是我，我只属于艺术。"

欧阳文彬："我不明白，秦天雄究竟有什么好的！"

陆少男（故意提高嗓门）："我爱他，怎么样？"

欧阳文彬面孔铁青，眉毛可怕的纠结着。

玻璃杯咔嚓一声在他手中捏碎了（慢动作）。透明的碎片戳进他的掌心，咖啡和血，顺着手腕流到桌上。

陆少男惊叫："欧阳！"

邻座男女投来奇异的目光。

旋转的光影，欢快的音乐。

欧阳文彬双眉紧锁，掏出手帕捂在手上。

陆少男歉疚地："欧阳，还像从前一样，做我的哥哥吧！"

欧阳文彬脸上现出奇怪的笑容，摇摇头，痛苦地起身，独自走出了咖啡厅。

他的背后回荡着欢悦的《婚礼进行曲》。

〔第八节〕陆教授家客厅

陆教授靠在沙发上读报。

陆少男笑盈盈地端着一杯茶过来："爸，你最喜欢的碧螺春！上次欧阳伯伯来讲学送给你的。"

教授接过茶，呷了一口："嗯，好香！少男啦，最近是不是同欧阳文彬闹矛盾了呀？"

陆少男："没有。"

陆明翰："你可骗不过爸爸。"

陆母："文彬哪点儿不好？那孩子又聪明，又体贴人。他爸爸和你爸爸又是那么多年的朋友，彼此都了解。"

陆少男（撒娇地）："妈，你有完没完？"

陆母无可奈何："这丫头，越来越野啦！"

陆教授把茶杯放下，告诫女儿："少男，你已经不是孩子了，要懂得尊重对方的感情。欧阳文彬无论才干、学识都是系里拔尖的。你对他的态度太生硬了。"

陆少男打断道："这我知道。爸，求你一件事怎么样？"

陆教授："怪不得你今天给我端茶，又有事要求我呀！"

陆少男（狡黠地一笑）："我有个同学的哥哥，指名想考你的研究生。你能不能帮帮他哇？"

陆教授："欢迎呀！我的研究生谁都可以报名，最后择优录取嘛。"

陆少男："他是一个旁听生，有没有资格呀？"

陆教授：“旁听生有点难。他叫什么名字？”

陆少男：“秦天雄。”

陆教授用手指敲敲前额：“这名字有点耳熟。”

陆少男：“你太官僚了，你的门生都不认识了。”

陆教授：“孔夫子 3000 门生，也不见得个个都记得嘛。”

陆少男：“他和欧阳文彬在一个大班听课，总坐最后一排，脸黑黑的。”

陆教授：“哦，是那个秦天雄呀？”

陆少男：“当然是他，秦天雄未必还有一打不成。”

陆教授（若有所思）：“唔，一匹野马驹……”

〔第九节〕阶梯教室－闪回

秦天雄坐在最后一排，全神贯注地看着讲台。

陆教授双手横握着教棍，用询问的目光望着阶梯教室里 100 多张年轻的面孔。

“谁讲讲哈维发现血液循环的意义是什么？”他问。

欧阳文彬充满自信地站起来。

他两眼平视，从容地答道：“血液循环理论的建立，是近代医学、解剖学和生理学上最重大的发现。它同哥白尼的日心说互相辉映，引起了一场伟大的科学革命……”

陆教授满意地颔首。欧阳文彬坐下。

“还有谁有补充没有？”陆教授鼓励道。

几只手举起来。

陆教授用教棍指了指后排。

秦天雄站了起来，情绪有些激动，他抬起眼睛朝天花板上看了看，竭力让自己镇定。

他的话很简洁，声音因为激动显得有些喑哑。

“哈维的贡献，我认为至少还有两点。第一，他的著作《心血运动论》，是世界上第一部建立在科学基础上的心血管专著。

第二，在研究中，他成功地运用了数学。在医学上使用数学工具获得重大突破，在历史上还没有先例。至今如此。这说明现代医学仍然没有摆脱实验科学的阶段，还处在童年时代！”

这话有点离经叛道。教室里掀起一阵小声的喧哗。

秩序乱了几分钟，前排忽然有人啪啪地鼓起掌来。整个教室一片戏剧气氛。

秦天雄不动声色地坐下。线条粗犷的面孔格外引人注目。

陆教授用教棍敲着手心，脸上掠过宽容的一笑。

〔第十节〕秦天雄家

陆少男轻轻叩门，秦母打开门，50多岁，一副富有教养的慈母形象。

陆少男：“伯母，请问秦天雄住这里吧？”

秦母喜形于色：“啊，找天雄的呀，姑娘快进来坐！”看见一个漂亮的女孩子来找儿子，秦母显得非常高兴。

屋里的陈设简单朴素，不大的过厅，连着两间屋，一间秦母住，另一间是秦天雄的陋室。门上遮着半幅白地蓝花门帘。

秦母端上水果，又殷勤地给陆少男沏茶：“天雄不在家。我就这个儿子值得骄傲，他最孝顺了。”

陆少男：“伯母，那是他的房间吧？”

秦母：“他呀，房间像个狗窝，还不准别人动。”老人家仿佛看出她的心思，笑着，一边数落，一边捞起门帘。

陆少男满脸好奇地站在门口，朝里面窥望。

首先映入眼帘的，是墙上挂得满满的一圈“向日葵”水粉画，这是凡·高举世闻名的《金秋》临摹画，一颗颗赤褐色花盘，像在旋转，燃烧。陆少男怔住了，她仿佛看见眼前滚动着一个个火球，满屋都是辉煌炫目的太阳。

秦母：“这是天雄乱涂乱画的，屋里贴那么多向日葵干嘛呀！”

陆少男（由衷地）：“画得真棒！”

秦母：“姑娘，你也喜欢画画儿呀？”

陆少男：“我是美院的学生。"

秦母：“哦，快进去坐吧，我该去厨房忙了。”

陆少男走进了秦天雄的世界。

房间只有七八平方。陆少男站在屋中间巡礼了一番。一个写字台，两个竹书架，一张单人床把屋子挤得满满的。桌上床头到处是书，堆得乱糟糟的。墙角扔着几个石膏像，窗台上吊着一盆仙人球。桌子上有小闹钟、墨水瓶、三洋录音机。她顺手拿起一本书，是梅森的《自然科学史》，翻了翻，搁下。这时发现案头旁端放着她父亲著的那本《冠心病》，书中夹着一张纸片。她轻轻掀开书，发现几乎每一页都做了阅读记号。翻到夹纸片的那一面，发觉正是那天她给他的卡片，上面写着她的名字和电话。

陆少男眸子里充满着柔情。

秦母的画外音：“回来啦天雄，屋里有客人等你！”

陆少男急忙将书合上。她转过身来，秦天雄已经站在她面前。

秦天雄（为她拉开椅子）：“光临寒舍，有何见教？”

陆少男（坐下，调皮地瞅着他）：“不是寒舍，是狗窝。”

秦天雄笑：“狗窝？妈妈怎么这样不给我留面子呀！”

陆少男：“我是特意来告诉你一个好消息的。”

秦天雄：“噢，什么好消息？”

陆少男（俏皮地）：“我爸爸说你是匹千里马！”

秦天雄：“真的？”

陆少男：“是哇，但是需要调教。”

秦天雄（更纳闷了）：“调教？”

陆少男（笑起来）：“他说你是一匹野马驹。野马驹不调教怎么成千里马呐？”

秦天雄：“陆教授还说什么了？”

陆少男：“他说同意你报名考他的研究生。”

秦天雄（兴奋地）：“真的？”

陆少男：“听说报名的有 30 多人，竞争得很厉害。”

秦天雄（很感动）：“谢谢你爸爸. 从前有个姓陆的医生救过我的命，我一直想给他当学生。”

陆少男：“我爸爸救活过好多人。”

秦天雄：“那时我读初三。”

陆少男（脸上掠过一丝阴影）：“你也得过心脏病吗？”

秦天雄：“妈妈说是心肌炎。我那时还不到十五岁，差一点魂归西天。”

〔第十一节〕中学教室－回忆

少年秦天雄注视着讲台。

老师在黑板上讲着数学题。

秦天雄困惑的眼神。

漆黑的黑板。

（幻觉）一个硕大的心脏徐徐旋转着由远推近，后面是黑色的背景，像宇宙空间一样深不可测。

心脏不停地跳动着，通体紫红透亮。

“扑通、扑通”的声响，宛如原始的战鼓擂着耳膜，使人强烈地感觉到生命的节奏。

心脏不停地跳动。

突然，心跳声戛然而止。

鲜红的心壁渐渐变成暗紫色。

一张慈蔼而模糊的面孔迭现出来。看不清脸的轮廓，只有在天幕深处的那双眼睛亮有微光，殷殷地注视着镜头。

秦天雄的画外音：“我从来没有见过我父亲。在我懂事的时候，妈妈告诉我，爸爸是得心脏病突然死的。在我的记忆里，父亲的形象是陌生而模糊的，我常常感觉到他在呼唤我……”

一个低沉而奇异的声音从天外传来，仿佛在召唤什么。

少年秦天雄激动的面孔。

漆黑的黑板。奇异的声音。

少年秦天雄痛苦的表情。

惊恐的眼睛。

少年秦天雄突然昏倒，不省人事。

全黑的画面。

〔第十二节〕阶梯教室－闪回

（幻觉）全黑的画面上投下一束弱光。

涌动的血潮。

一只扁圆的小舟漂流而下。

少年秦天雄横躺在小舟里。

舟是红的。潮水是红的。舟中人的脸也是红的。

扁舟在狭窄的河里东碰西撞。

少年秦在舟上顽强地挣扎着。

河水滚滚发烫。

河面上弥漫着红色的雾霭。视野被遮住了，什么也看不清楚。

整个世界变成了一片诱人的血海。

小舟时沉时浮，随波逐流，不知被载向何方。

在那片奇怪的红雾后面，仿佛藏着一种未知的魔力。

少年秦天雄惊奇的面孔。

忽然，前面出现一个巨大的漩涡，黑洞洞的，深不见底。

少年吓得大叫：“救命呀！”醒过来。

秦天雄睁开眼，看见妈妈守在床边，旁边是身穿白大褂的医生、护士。一张张亲切、欣慰的面孔。

“啊，醒啦，他醒啦！”妈妈惊喜的声音。

“这孩子的烧退了，没危险了。”陆明翰医生富有磁性的声音。他躬下身，拍拍秦天雄的脸蛋说：“好，小伙子，你得救了！”

秦天雄裂开小嘴，吃力地笑了笑，作为回报。

陆明翰方正的、刮得发青的面孔，像慈父般深深地铭记在他的心灵里。

秦天雄画外音：“妈妈后来告诉我，我在昏过去的时间里，心脏曾经停跳三次，要不是遇到陆医生，我的小命早没有了。”

陆少男天真地：“要是你魂归西天，我们就不可能认识了。”

秦天雄望着她，洒脱一笑：“我要死了，地球照样旋转。”

陆少男一阵冲动，握住了秦天雄的手：“天雄！”

爱情明显地写在她的眼里。

秦天雄微微一震。

陆少男发觉自己失态，满脸通红，羞涩地把手缩回。

房间里悄然无声，两人都听到了对方心脏的跳动！

墙上挂着凡·高的《金秋》。赤褐色的向日葵花盘，像在旋转，燃烧。

“听听音乐吧！”秦天雄笨拙地打破沉默。

陆少男颔首，眼底一片温柔。

秦天雄的手指摁在录音机的键上。

一段轻柔的旋律流泻出来，飘然入耳。

陆少男顿时被吸引住了。歌声缠绵动人，仿佛在哪里听到过：

你看见了红雾吗？
红得像血，红得像宝石。
在那雾的尽头。

藏着生命的真谛。
你看见了红雾吗？
红得像火，红得像太阳。
在那雾的尽头，
藏着我的一颗心。
啊，红雾，红雾，
迷人的红雾……

画面相继迭出诺日朗瀑布和黄龙寺他们对话的情景、秦天雄离去消失在红雾中的背影……

两人凝神倾听，四目脉脉相视。

〔第十四节〕医学系宿舍

周末之夜。灯火通明的寝室里传来音乐声。

欧阳文彬双手抱臂，仰靠在床头上，双眉紧蹙，一脸晦气。

一架红色浪琴录音机正放着朱晓琳的《那一年我十七岁》。歌声甜美，充满着稚气和朝气。

欧阳文彬烦躁地从床上坐起，“啪”地停住机子，取出磁带，翻过一面，再用劲地一揿键。录音机突然像发疯似的大喊大叫起来：

阿里，阿里巴巴！
阿里巴巴是个快乐的青年。
阿里，阿里巴巴！
阿里巴巴是个快乐的青年。
噢！噢！噢！噢！
芝麻开门，芝麻开门！
噢！噢！噢！噢！

满屋是狂野的歌声，喧嚣于耳，带着一股粗野的热情和呐喊。

“哎？别在这儿一个人受罪了！”正埋头写信的一同室朋友伸手将录音机关掉。疯狂的乐曲戛然而止。

另两位伙伴也群起而攻之。

“秦天雄那小子真艳福不浅，乘龙快婿外加研究生候选人，一石二鸟呀！”

“你老兄也真高姿态，眼睁睁看着自己心上人被拐走……”

“现在公鸡涨价，另外找一个得了！”

欧阳文彬暴怒的，突然吼道：“别说啦！”

“好好好，哥们不说了。”一朋友做了个无可奈何的姿势。

“不过，陆教授只收一名研究生，有种的你就应该去夺过来。”

“对，你可是考场上的常胜将军呀！”那两位也极力怂恿。

欧阳文彬沉默，两只丹凤眼忽然一亮。

〔第十五节〕教授办公室

沙发、地毯、宽大的写字台。

欧阳文彬坐在陆教授的对面。

陆教授语重心长地：“文彬，你再好好考虑一下，血液学是你的志向，也是你父亲的专长。我前几天收到他从上海的来信还问起你。”

欧阳文彬慷慨陈词：“陆伯伯，我决定了，改考伯父的心血管专业研究生。我认真拜读了您的专著，受益匪浅。我希望能为伯父的冠心病理论提供一点补充，在前辈的提携下，为推动这一研究尽点微力。”

陆少男的画外音：“爸爸不知道欧阳说的只是一方面的理由，更深一层的原因他实际上隐瞒了，那就是要挤掉秦天雄。”

欧阳文彬说完，期待地望着教授，望着他父亲的老朋友，自己梦中的岳父。

陆教授笑道：“你可知道，按院里规定我只招一名心血管研究生，在成绩面前伯父可是铁面无私啊！”

欧阳文彬站起来：“陆伯伯请放心，我会全力以赴的。”

荷花早谢了，湖中一片褐色的残叶。雨后的空气中带着一股潮湿的味儿。

陆少男同欧阳文彬坐在湖畔的长椅上。

陆少男愠怒地说：“你这是故意与秦天雄作对，算什么英雄好汉！”

“科学应该允许竞争。”欧阳文彬辩解，话里藏着杀机。

陆少男：“竞争？不，你是忌妒！你知不知道秦天雄考心血管研究生多么不容易，那是他毕生的心愿。他的父亲就是得心脏病死的，他自己的心脏也曾停止过跳动……”

欧阳文彬痛苦地：“又是他、他！少男，你还记得吧，也是在这个地方，你亲口答应考虑我们两家结亲的愿望的。”

陆少男不语。

几个穿羽绒服的女学生从长椅前路过，皮鞋咯噔咯噔的。

欧阳文彬捉住陆少男的手，眼睛里闪烁着期待和强迫的意味：

“少男，答应我，不再和秦天雄进一步往来。”

陆少男默默地把手抽了出来。

“我爱他，我承认。”她坦诚地直视对方说：“欧阳，我们过去的一段友谊，我会珍惜的。我只请求你不要去拦他的路。我们还是朋友。”

欧阳文彬：“不！我不能容忍有人把你从我身边抢走。”

陆少男：“欧阳，这话我还是说明了好。感情是不能勉强的。”

“那好吧，”欧阳文彬绝望地站起来，“请转告你的秦天雄，他如果是真正的男子汉，就应该有胆量同我比试一下。是龙是虫，考场上见！”

欧阳文彬踏着湿漉漉的水泥路，扬长而去。

听着欧阳文彬刺耳的皮鞋声越来越远，陆少男不安地垂下睫毛。

陆少男的画外音：“谈话终于破裂。我意识到考场上的决斗不可避免了……”

〔第十七节〕研究生考场

考场里出奇的寂静。只有笔尖在卷纸上划动的沙沙声。这更增添了考场的紧张气氛。

秦天雄与欧阳文彬的座位只有一桌之隔。

秦天雄随时感觉到欧阳文彬的存在：他翻开卷子时投来的得意一瞥，移动椅子的砰梆声，都流露着一种挑战的、居高临下的意味。

秦天雄克制着自己，尽力保持一种冷静的低姿态。

印着密密麻麻题目的考卷。

欧阳文彬信笔疾书。

秦天雄全神贯注的脸。

欧阳文彬第一个交卷。

秦天雄从卷纸上抬起头瞥了他一眼。

〔第十八节〕秦天雄家

陆少男关切地：“天雄，考得怎么样？”

秦天雄有些疲惫：“我尽了自己的最大努力。”

陆母笑眯眯地端了两碗醪糟蛋进屋，递给他俩。

陆少男（接过碗，不好意思地）：“伯母，我不饿。”

秦母（体贴入微，疼爱地）：“快趁热吃，别凉了。”

陆少男含笑致谢，吃了一口，又问：“难不难哇？”

秦天雄：“其他的还好，《医学综合》有 100 多道选题，简直防不胜防。”

陆少男：“欧阳呢？”

秦天雄：“他第一个交卷。”

秦母：“咱们天雄从小就不怕考试，这回也不会输的。”

秦天雄：“妈，你别往我脸上贴金啦！”

〔第十九节〕心血管教研室

罗副教授将一叠成绩单递给陆教授，兴奋地：“教授，欧阳文彬总分 415，名列榜首。”

陆教授嘴里衔着雪茄，接过成绩单，脸上露出满意的微笑。

他翻到第二页，有点意外地：“哦，秦天雄比欧阳只差一分！”

罗副教授把脸凑过来：“你说的是那个旁听生吧？”

陆教授吸了一口雪茄，自言自语道：“唔，这个学生是个人才！”

“但是教授，他只是同等学历。”罗副教授提醒道。

陆教授：“同等学历能考到这个水平，已经很不简单了。”

罗副教授：“不过这次你只收一名研究生呀！”

“难办就难办在这里……”陆教授颇为惋惜。

罗副教授：“算了吧，择优录取，天公地道。我看欧阳文彬确实出类拔萃，将来又是您的女婿，真有眼力呀！”

陆教授：“这与录取无关。孩子们自己的事，我一向不管。”

陆明翰踱到窗前，把视线投向窗外。

钟楼下一团粉色的海棠，在阳光下格外悦目。

陆明翰陷入默想。

微风吹过，海棠花落英缤纷。

几只脚印从落花上踏过去。

陆教授突然把手中的雪茄掐灭。

“我到院长那里去一下。”

〔第二十节〕院长办公室

陆教授和院长在皮沙发上相对而坐。

院长是一位稳重而严谨的内科专家，60 岁光景，一头漂亮的银丝。听罢陆教授的意见，他的表情相当审慎。

“我们这种国内屈指可数的高等医学学府，收同等学历的研究生，应该很慎重，”院长用一种不容商量的口吻说，“特别是你的心血管专业，全国有名的，掌握应更严些。”

陆教授面色凝重：“我觉得这个学生不收可惜了，能否作为破格处理，请院里再三考虑。”

院长没有松口。他太了解陆明翰了，这位陆氏学派的主帅在要人要经费时，有一种可怕的牛劲。

陆教授：“我可以担保，这个学生一定能带好！”

院长：“那也不行呀。心血管研究生只有一个名额。如果确实够格，也得同其他系商量，看能不能拨一个指标给你，才能定。”

陆教授：“那我通知秦天雄复试，复试时请院里派人参加评审。名额嘛由院里想办法，怎么样？”

院长终于做了让步：“那好，复试时我争取来。”

〔第二十一节〕教授办公室

在走廊里，秦天雄与欧阳文彬照了个对面。

欧阳文彬刚复试完出来，神情得意而轻松，看见秦天雄，他有些惊异，但旋即绽开笑容。那是胜者居高临下的微笑。

他朝秦天雄点点头，吹着口哨，走了。走廊里荡着《那一年我十七岁》。

陆教授和院长在主考席上正襟危坐。

教授微笑着，用英语向秦天雄提问。

字幕：你最喜欢的格言是什么？

秦天雄用英语对答，他的口语非常流利。

字幕：对真理的追求比对真理的占有更为可贵。

字幕：你最珍视的品德？

字幕；真诚。

字幕：你最喜爱什么鸟？

字幕：啄木鸟。

字幕：啄木鸟？

字幕：是的。

院长满意地瞅了教授一眼，意思说：你果然有眼力。教授报以意味深长的一笑。

院长提问：“你认为冠心病能预防吗？”

秦天雄：“从理论上讲，只要找到了病因，任何疾病都可以预防，包括癌症。冠心病也不例外。美国每年死于冠心病的人有七十万，自六十年代后期采取了一些综合防治措施，10年之后冠心病的死亡率下降了五分之一。我认为，在人类进一步弄清了冠心病的发病机理后，冠心病是完全可以控制的！”

这次是陆教授瞅了院长一眼，带着诡秘的微笑，那意思在眼底写得很清楚：怎么样？收不收！

院长微笑着站起来，握住了秦天雄的手：“年轻人，我祝贺你！”

〔第二十二节〕陆教授家

客厅。家宴。气氛轻松。陆教授情绪颇佳。

陆母往欧阳文彬碗里夹菜，亲热地：“欧阳，这是你陆伯伯最爱吃的海参，你尝尝。”

欧阳文彬满脸喜色，乖巧地欠身致谢：“谢谢伯母！”

陆少男瞥了一眼陆母，给秦天雄也夹了一段海参：“你尝尝，我觉得在所有的菜里面，海参是最乏味的，爸怎么爱吃这个呢！”

秦天雄朝她温厚地一笑。

陆明翰兴致很高，笑道：“海参是高蛋白，营养好，而且胆固醇很低……”

陆少男（撒娇地）：“爸真是三句话不离本行呀．今天不谈学术。”

“来，我敬你们两位研究生一杯！”陆少男分别为欧阳和秦天雄在杯里斟满红葡萄酒，目光含着温馨的笑意。

“爸也来半杯！”她要给陆教授斟酒，被陆母拦住了。“你爸心脏不好，不能喝。”

“这真是上帝的意旨。心脏病专家治不了自己的心脏病。那就以水代酒吧。”陆少男给教授杯里倒了一点橘子水。

大家举杯。

陆教授环视坐在左右的秦欧两人，笑盈盈道：“祝你们二位谦虚谨慎，努力钻研，在心血管领域里做出点成绩来。”

秦天雄站起来，笨嘴笨舌地：“我一定努力。”

欧阳文彬也站起来，但他说得很诙谐，也很得体：“我一定步伯父的后尘，让陆氏理论名扬天下！”

众碰杯，一饮而尽。

陆少男的画外音：“从这一天起，我们家接纳了秦天雄。他和欧阳文彬成了爸爸最得意的两个学生。我们之间的距离也越来越近……

〔第二十三节〕游乐场

秦天雄和陆少男笑盈盈地站在气球靶前。

陆少男举起汽枪，瞄准一排红气球。

陆少男勾动扳机，弹头脱靶而飞。她同秦天雄相视一笑。

陆少男不甘心地再次举枪射击，仍然没有中靶。

秦天雄接过气枪，瞄准，勾动扳机，一只红气球应声而爆。

陆少男拍手称好。

秦天雄从容地继续射击，气球一只接着一只被击中。一排气球顷刻间一个不剩。

秦天雄放下枪，朝陆少男惬意地一笑。

花会〔第二十四节〕

熙熙攘攘的人群。

秦天雄和陆少男在一个糖画摊前停下。

陆少男把钱递给糖画摊主。

秦天雄自信地拨动竹转盘，转盘最后停在正中的一只小鼠图案上。

陆少男忍俊不禁，从草柱上拔下一只糖画小鼠，递给秦天雄。

秦天雄傻笑。

陆少男满怀希望地拨动竹转盘。

所有的目光都集中在转盘上。

转盘刹住，指针指在斜角的金龙图案上。

陆少男和秦天雄欢呼。

糖画摊主从草柱上拔下一架造型生动的糖龙，满脸微笑地递给陆少男。

花会·湖中〔第二十五节〕

秦天雄和陆少男在湖中泛舟。

陆少男手中的糖龙，尾巴已被吃掉。

秦天雄用力操桨，一抬头，发现陆少男脸颊上沾满糖渣。样子可爱而又滑稽，秦天雄忍俊不禁。

陆少男被他笑得莫名其妙，用手抹脸，结果脸更花了。秦天雄忍不住大笑。

陆少男不解其意，站起来环顾四周，船猛地摇晃起来。

秦天雄扔下桨，慌忙站起来扶她，不料小舟失去平衡，秦天雄一个趔趄掉入水中。

陆少男扶着船舷，吃惊地朝水中急喊："天雄！天雄！"

秦天雄从水中站起来，水还不到齐腰深，他朝着陆少男苦笑。

陆少男看见他一副落汤鸡的样子，乐不可支，笑得前仰后合。

〔第二十六节〕陆教授家客厅

陆少男的画外音："爸爸从不反对我和天雄的交往，但是妈妈却不喜欢天雄；我知道她心目中的女婿是欧阳文彬……"

欧阳文彬满面春风地将一束红菊递给陆母："伯母，这是给少男的，她最喜欢红菊。"

陆母接过花，高兴地插在瓶中，一边责怪地："少男这丫头越来越野啦，今天又不在家。"

欧阳文彬（掩饰住失望）："没关系，伯母，下个星期天我再来约她。"

陆母抚慰地："文彬呀，总有一天会'精诚所至，金石为开'的。"

〔第二十七节〕郊外

金色斑斓的林荫道。

秦天雄和陆少男骑着自行车谈笑风生地驶来（长焦镜头）。

陆少男的画外音："秋天来了，这是收获的季节。在爸爸悉心的指导下，天雄全部课程的考试，都取得了优异的成绩。我们的心中对未来充满了阳光……"

向前面延伸的林荫道（画面带自行车局部）。

徐徐后退的金黄色树叶（仰拍）。

一组意识流镜头（第二十八节）

旋转的金黄色树叶。

陆少男倚着秦天雄坐在盘旋的车斗里。

旋转的天空。

秦天雄横抱着陆少男在草坪上旋转。

陆少男挽住他的脖子，脸上荡漾着甜蜜羞涩的微笑。

陆少男和秦天雄的嘴唇缓缓贴近。

炫目的光晕突然向镜头射来。

医学院病房（第二十九节）

陆少男的画外音：“啊，阳光是多么耀眼！我没有想到，前面等着天雄的是一条布满荆棘的小路……”

秦天雄和欧阳文彬跟在陆教授后面走进病房，一律穿着白大褂，头戴白帽子。

患者们向陆教授投来崇敬的目光。

陆教授询问一患者：“最近感觉怎样？”

患者：“还好，就是胸部感到闷痛。”

陆教授：“有心绞痛史吗？”

患者：“有过。”

护士打开病历卡，说：“患者的血脂浓度并不高。”

陆教授不经意地：“唔，血脂浓度不高。”

秦天雄为护士的话所触动，脸上露出特异的表情。欧阳文彬的反应却很平静。

陆教授：“发病前做过剧烈运动吗？”

患者：“没有。”

秦天雄的眼睛露出困惑沉思的目光。

〔第三十节〕研究生宿舍

灯下，秦天雄潜心读着陆教授的《冠心病》。脸上的表情专注而困惑。

镜头虚化，幻出一次学术讲座现场。

罗副教授：“现在请陆教授为大家做学术报告。关于冠心病的致病原因，半个世纪以来，医学界一直存在着争论。陆明翰教授是‘血脂论’的著名权威，积累了30多年的经验和探索，研究成果卓著。他是我国心血管学的泰斗，他的学说被公认为陆氏理论……”

陆教授登上讲台，微笑施礼。

演讲厅座无虚席。秦天雄坐在一角，脸上的表情专注而虔诚。

陆教授的画外音：“但是高血脂是否是冠心病最根本的病因，医学界还存在分歧。有的研究者指出，非洲东部的马萨伊游牧部落，以牛和牛奶为主食，但这个部落里却很少有人得冠心病。如何解释这个事实呢？”

秦天雄的目光从《冠心病》的一页画页上抬起来，望着相框里的彩照定定出神。

这是一张陆少男的小照，吟吟地笑着，一双秋水般明澈的眸子探究地瞅着镜头（镜头由实变虚）。

〔第三十一节〕医学院图书馆

借阅处，一个年轻的管理员取出一本外文期刊递给秦天雄：“这是你要的杂志，刚到！”

杂志封面上有《JAMA》字样。这是国外最权威的医学杂志。

秦天雄急切地翻开杂志。

一行醒目的标题跃入眼帘（镜头急推，奇特的声响倏然掠过）：

The Throbosis: A Prompting Factor Of Acute Myocardial Infarction

字幕：血栓形成是冠心致病的一个重要原因。

秦天雄因为兴奋，脸膛微微泛红。这篇文章意味着“血栓说”向自己导师的“血脂说”提出了挑战。

研究生宿舍〔第三十二节〕

陆少男的眸子（相片，镜头由虚变实）。

秦天雄的心声：这是一双少女的明眸，画家的眼睛，能洞察世界，洞测男子汉的内心。可人类心脏的奥秘是多么难测！

秦天雄的目光回到书页上。

忽然他的眼睛一亮。

书页上有一段文字，像一串意外发现的密码，引起他浓厚的兴趣。

字幕迭在书页文字上：临床发现，有一些冠心病患者，血清胆固醇浓度并不高……

秦天雄反复琢磨这一段文字的内在含义，久久地陷入了沉思。

教授办公室〔第三十三节〕

秦天雄恭敬地：“教授，我不明白，为什么有的冠心病患者血清胆固醇浓度并不高呢？”

陆教授从案头抬起目光，不在意地：“特例总是有的，因素比较复杂。”

秦天雄：“我觉得，理论若不能解释特例，就说明理论还不完备，还存在某个盲点……”

陆教授一笑：“盲点？有根据吗？”

秦天雄：“这是我昨天查到的几篇资料，上面有些新见解。”

陆教授：“噢，你把资料留下，我看看。”

秦天雄留下带来的几本外文期刊，转身出去。

陆教授处理完案头的事，戴上金属框眼睛，打开期刊浏览。

期刊里的内容稍微引起了他的注意。

陆教授翻开一本《JAMA》杂志的封面，一张纸条从杂志里掉出来。

陆教授拾起纸条，发觉是秦天雄的笔迹。

高胆固醇←→冠心病

盲点？

字迹有些潦草，像是信手写的，但问号却打得很粗，这等于是对血脂说的公开怀疑。

教授的脸色变得严肃起来。秦天雄提出的问题，正是他多年来藏在心里的一个疑虑……

秦天雄的画外音："教授，既然临床发现有的冠心病患者的血清胆固醇浓度并不高。而另一些时候冠心病患者的血脂升高被控制住以后，病程并不能完全改变，这是否意味着高胆固醇并不一定是冠心病的必然原因？"

陆教授点燃雪茄，长长地吐出一口青烟，浓眉下的眼睛露出一种极为复杂的神情。是震惊、赞叹，还是不快，好像都有，又好像都不是。

画面迭出武侠高手打斗的镜头。

陆少男的画外音："读过武侠书的都知道，无敌的拳师都有一个叫作'练门'的致命之处。爸爸很清楚，'血脂说'理论上的薄弱点就在这里。多年来，他一直想寻找一块坚硬的铠甲，护住这个练门，却没想到，秦天雄选择的研究方向正是冲着这个部位而来……"

画面上一位大侠被对手刺中肚脐，缓缓倒下（慢动作）。

这里正举办美院毕业生汇报画展，观众踊跃，不少是年轻人。

秦天雄走进展厅。

陆少男满面春风地迎上去："你来啦！"

"唔，作品不少嘛！"秦天雄扫了画廊一眼。

展出的画各种风格和流派的都有。每幅画旁边贴着作者的简介和照片。

陆少男陪着秦天雄缓缓地观赏着。

陆少男："你的硕士论文选题定了吗？"

秦天雄："定了。冠心病致病机理探源。"

陆少男："难吗？"

秦天雄若有所思地点了点头。

他们在一幅标着《红雾》的油画前停下来。画旁的简介上贴着一张陆少男的小照，照片中的陆少男盈盈笑着。

陆少男得意地介绍："我的毕业作！"

秦天雄无语，但从眼神看，他显然被这幅画震动了。

这是一幅意境很深的画，画面呈红调子。画中的场景我们似曾相识。细看之下发觉，这恰好是少年秦天雄幻觉里的一刹那间——墨黑的天幕上投下一束弱光，照着涌动的血潮。一只扁圆的小舟里，躺着一个少年，舟是红的，舟中人的脸也是红的。水面上弥漫着一片神秘的红雾，雾中隐隐现出一只半睁半闭的眼睛。

秦天雄定定地看着油画。

画中眼突然眨动了一下，化作活人眼。我们发现这是陆教授的眼睛，眼里透射出极为复杂的神情。

〔第三十五节〕陆教授家客厅

陆教授臃肿的身躯沉在沙发里，大口地吸着雪茄。

烟缸里积满烟蒂。

陆少男端茶走进客厅。

“爸，你怎么啦？”她关切地问。

陆教授敷衍道：“没什么。”

陆少男不信地：“你总有什么事不高兴！”

陆教授：“你那个秦天雄果然是匹野马。”

陆少男诧异地：“爸，天雄哪点得罪你啦？”

陆教授摆摆手，忽感心脏不适，脸色有些难看。

陆少男吃惊地：“爸！”

陆教授从上衣口袋掏出一个小盒：从里面取出一片药含在嘴里：“你劝劝他也许有用。研究生同导师唱对台戏，不会有好结果的。”话中流露出对秦天雄的失望和爱惜。

陆少男听出这句话的严重性，脸上掠过不安的表情（定格）。

〔第三十六节〕医学院校园

暮色浓重。钟楼背后，一抹晚霞在静静燃烧。

一大群归巢的麻雀在林子间啁啾合唱。

陆少男踏着石子小径，快步向研究生楼跑去。

〔第三十七节〕研究生宿舍

陆少男一口气跑上五楼。她气喘吁吁地推开一扇门。秦天雄抬起头来。这是一张探险者兴奋而疲惫的面孔，眼球里布着血丝，眸子里闪着火光。那几本载着异端信息的杂志横放着在桌上，映着灯光，格外瞩目。

陆少男：“天雄，你同我爸究竟怎么啦？”

秦天雄苦笑了一下，用手拍拍桌上的杂志：“这就是导火绳。”

陆少男从杂志里抽出那张纸条。

纸条的特写。在秦天雄的字迹旁边，被重重地打上一个红色惊叹号。

教授办公室 闪回〔第三十八节〕

秦天雄兴冲冲地：“陆教授，资料您看了吗？”

陆教授拉开抽屉，取出那叠杂志，往秦天雄面前一推。“国内也有人赞同这种观点，但不足以形成学派。”他语重心长地说道，“天雄呀，我对你寄予着厚望，希望你不要旁骛。”

秦夫雄申辩：“我觉得那种观点至少在局部上有它的道理。”

陆教授仍然一幅长者风度，但话中透射出学派领袖的威严：“血脂说理论是几代医学工作者的研究成果，在国际医学界是得到公认的，我希望我的学生都能很好地掌握这个理论，去发展它、完善它，而不是做相反的工作，甚至背道而驰，分庭抗礼。”

秦天雄尴尬的面孔，他意识到教授的话实际是一个警告。

陆教授恳切地：“天雄，我希望你回去再考虑一下。”

秦天雄收起杂志，怏怏退下。

研究所宿舍〔第三十九节〕

陆少男：“你真的认为爸爸的理论有漏洞？”

秦天雄：“不是漏洞，是空白。”

陆少男：“你有把握吗？”

秦天雄：“现在还没有。”

陆少男：“那就算了吧。”

秦天雄执拗地：“不，我一定要找到这个盲点。”

〔第四十节〕内科住院部大楼

秦天雄穿着白大褂，脚步匆匆地上楼。

在走廊上他遇到管床大夫（30 多岁）从病房出来。

秦天雄：“黄大夫，18 床冠心病患者还在吗？”

黄大夫：“在半个月前出院了。”

秦天雄失望地：“真不走运！”

黄大夫：“不过下周他要回来做检查，还要取药。”

秦天雄：“那太好了！想求你给他做个冠脉造影行吗？”

黄大夫：“当然行，陆教授的高足我哪敢怠慢。想查什么？”

秦天雄：“看看有没有血栓。我想证实一下血栓可能引起心肌梗死。”

黄大夫：“可以做一个选择性冠脉造影。”

秦天雄喜形于色：“非常感谢！”

黄大夫：“下周星期五来看片子吧。”

〔第四十一节〕内科诊断室

四张底片并排夹在日光屏上，显出患者心脏和不同方位的冠状动脉影像。

黄大夫指点着：“这里，还有这里，你看，患者的冠状动脉完全畅通。”

秦天雄睁大眼注视着底片，脸上现出大惑不解的表情。

待了片刻，秦天雄突然问：“能看看 18 床患者住院时的病历吗？”

黄大夫：“这个患者原来归舒医生管。”

秦天雄：“是舒主任？病历在哪里？”

黄大夫：“也许资料室能查到，舒医生过几天就回来，你何必这么急呢！”

秦天雄：“哦，谢谢！”

资料室〔第四十二节〕

一位模样娴静的护士从架子上抽出一份病历，递给秦天雄，并朝他默默一笑。

秦天雄点点头："谢谢！"他翻开病历夹，目光停留在一张诊断书上。诊断书上写着：

冠脉造影左前降支近端急性血栓性闭塞，诊断前壁心肌梗死。

秦天雄的表情显露出内心的激动。

秦天雄的心声："这表明患者的心肌梗死确系血栓引起；但在发病之后，血栓又自行消失了！"

舒医生办公室〔第四十三节〕

舒医生回答秦天雄："这个现象提示了血液循环内部一定存在着某种因素，对血栓的形成和溶解起着支配作用。"

舒是一位有丰富临床经验的中年女医生，给人印象气质高雅，极有教养。由于她是医学系唯一的非主流派医生，学术上一贯独立不羁，娴静之中略显得有点清高。

秦天雄眼里露出深沉的灵性："可能是什么因素呢？"

舒医生（毫不含糊地）："血小板。"

秦天雄觉得全身一震："噢！……"

他的耳畔忽然响起血液在血管里搏动的声音。

画面幻出一只扁圆的小红舟，在雾中时隐时现。

舒医生继续说的声音："我在临床上曾观察到，患者心绞痛发作时，手指甲皱上出现血小板凝结的微血栓……"

画面迭出患者指甲特写。

舒医生："还有两次给心肌梗死患者验血时……"

画面迭出一支试管里，出现血小板突然自发性的聚集。

一种奇特的声音呼啸而过。

秦天雄：“血小板异常活动！”

舒医生赞赏地颔首。

秦天雄两眼发亮，茅塞顿开道：“这就是说，在冠心病的致病机理中，血小板也许扮演了一个比胆固醇更重的角色，对吗？”

舒医生脸上露出一种好奇的关切：“可以这样认为。不过这个看法同陆教授的理论相左。你的选题，他认可吗？”

秦天雄掩饰道：“他是支持的。”

舒医生莞尔一笑：“那就好。”

〔第四十四节〕医学院校内

一组秦天雄潜心研究的镜头：

秦天雄的头埋在一大堆医学专著和杂志中，不时在笔记里记着什么。

秦天雄把两种不同的饲料分别喂给两栏家兔。

秦天雄在化验室仔细观察试管里的血浆。

秦天雄解剖家兔，切开家兔血管，察看管壁。

秦天雄从新华书店书架上取下一本厚厚的《系统科学》。

秦天雄坐在电子计算机终端显示屏前，不时按着键盘，屏上显示出不同的数据。他的脸上露出一丝笑容。

秦天雄在灯下走火入魔地写着论文。

陆少男的画外音：“秦天雄把全副注意力集中在血小板上，经过几个月的潜心研究，终于找到了揭开冠心病之谜的突破口……”

〔第四十五节〕研究生宿舍

秦天雄写完论文的最后一行字，把钢笔往桌上一推，如释重负地，长长地吐了一口气，把指关节扳得啪啪响。

〔第四十六节〕出版社大楼

编辑室里。陆少男拿起话筒，惊喜地："论文真的完成了？好哇！这下爸爸该开绿灯啦。"

她的声音甜甜的，脸上挂着纯情的微笑。

〔第四十七节〕陆教授家客厅

秦天雄将论文递给恩师："教授，我的论文完成了，想请您审阅。"他的神情恭敬之中掩饰不住兴奋。

教授接过论文时，藏在浓眉下的那双睿智的眼睛亮了一下，他和悦地指了指沙发："好，坐吧。"

秦天雄在沙发上坐得笔直，屏声敛气，就像一个写了篇获奖作文的中学生，有些不安，又有几分得意地望着教授。

教授落座，掏出了细框眼镜，戴上。

他翻开论文封面，目光一接触到标题，眉头动了一下。

标题映出：《系统平衡说：冠心病致病机理新探》

论文署名：指导教师 陆明翰教授

研究生秦天雄

陆明翰接下去扫了一眼论文前的"内容摘要"，狮子般巍巍然的脸渐渐沉了下来。这个"摘要"等于是给他下的战表。

字幕（叠在内容摘要上）：冠心病的成因，在医学界历来存在着争论。传统的观念认为，血液胆固醇含量过高，是引起动脉粥样硬化的主要因素。晚近的研究表明，冠心病的发生和发展是一个复杂的病理过程，高血脂只是冠心病的一个诱因。本报告从系统学的角度，论证了冠心病的致病机制系冠脉循环双平衡系统的紊乱所致。其中起关键作用的是血小板的过度活动……

陆教授面孔严肃得像大理石，他竭力克制着自己。

罗副教授的画外音："教授，我看这个秦天雄血管里流着

反叛的因子。”（加混响）

这同僚的声音似乎一刹那间提醒了他。

陆明翰霍地摘下眼镜，往茶几上一掷。

他冷冰冰地说：“你要坚持用你这个观点来做硕士论文的话，我可以告诉你，作为指导教师，我这一关是决不会通过的。”

秦天雄怔怔地坐在原处，脸色尴尬。

“我并没有冒犯老师的意思，只是……”他讷讷地替自己申辩。

教授把论文退给他：“用不着解释了。”

秦天雄接过论文，像接过一盆炙手的火。

教授口气稍微婉转了些说：“天雄，你要明白，即使我想让你通过，整个教研室也不会同意的。”

秦天雄默然。

教授宽厚地：“如果你换一个题目，答辩时间我可以给你延长两个月。”

秦天雄望了望教授，想说什么，显然已经没有对话的余地了。

他沉重地收起论文。

〔第四十八节〕教授家门外

秦天雄神色沮丧地出来，正遇上满面春风的陆少男。

陆少男：“天雄，怎么样？”秦天雄朝她苦笑了一下，摇摇头，扬长而去。

陆少男追上几步，但秦天雄已经走远，他的背影有摇晃，像喝醉了酒似的。

陆少男望着灰色的薄暮，神色黯然。

欧阳文彬躲在篱笆后面，潇洒的白衬衫，白网鞋。他睹见了刚才的一幕，嘴角掠过一抹奇异的微笑。

闷热的夜晚，没有一丝风。

秦天雄独自一人在护城河边徘徊。

夜色朦胧。河水缓缓地流着。只有寂寞的水声同他做伴。

河水映着灯光，波光粼粼。

秦天雄孤独而桀骜的身影。

秦天雄的面部特写。他的姿势和表情都显露出内心的痛苦和矛盾。

画外音（校园里的流言蜚语）：

“秦天雄翅膀还没硬就翘尾巴了，想推翻陆教授的理论！”（加混响）

“陆老夫子气得叫他滚。”（加混响）

“他追教授的女儿，也是有野心的……"（加混响）

秦天雄的心声：“教授的理论难道真的不能触动吗？多么强大的力量，我好像是在向整个医学系宣战。”

“父辈难道就不能怀疑吗？”

“我该怎么办？明明发现了一座理论大厦地基上出现一条裂缝，却要闭上眼睛，人云亦云地赞颂它宏伟无比，固若金汤——这不是恭敬，而是欺骗，是对真理的亵渎，是对老师和整个学派的背叛。”

“可是教授为什么不能理解我呵……”

秦天雄的心在痛苦地呻吟。

河边起风了。黑黢黢的桉树枝摇曳着，发出沙沙的响声。天边传来隐隐的雷鸣，一声，两声，很沉闷。突然雨下下来了。起初是稀疏的两点，接着雨线渐密。片刻，雨越下越大。

秦天雄转过身来。突然看见雨中有一个娇小的身影，撑着伞向他奔来。他心头一热：是陆少男！

“天雄！我找了你好久。”陆少男脸上滚着水珠，把小伞伸过来，遮住了他头上的雨。

秦天雄蓦地把她拥进怀里。

两人在雨中紧紧拥抱。少男的脸上湿漉漉的，分不清是雨滴，还是泪珠。雨伞在他们的头上偏偏倒倒。

“天雄，我知道你是对的，你没有错……”少男喘着气，喃喃地说。

秦天雄感动地抚着她的背。

“天雄，”少男温柔地唤着他的名字，“我求你了。”

秦天雄茫然地：“为什么？”

陆少男：“为了你，也为了我，换一篇硕士论文吧……”

秦天雄默然无语。

“天雄！……”陆少男在用心呼唤。

秦天雄摇头：“不，我不愿把成功和幸福建立在谎言上。”

陆少男（乞求地）：“这不是谎言，只是策略，等论文通过答辩后，你再发表自己的新观点并不晚。”

秦天雄沉重地：“少男，我知道你为我好，我很感激。但我不能明明看到老师的理论有局限，却还要违心地去维护它。”

陆少男抬起头来，脸上写着痛苦和绝望：“这么说，论文你不准备换了？”

秦天雄点头：“我要坚持真理。”

“不，你这是自私、自私！”陆少男从他怀里挣脱出来，抽泣着：“你想的只是你的发现、你的真理，你想没想过我们？想没想过我！”

秦天雄心如火焚：“我爱你，少男！”

“不，你不爱我，不爱！”陆少男泪流满面，哭着冲进大雨中。

秦天雄举伞追上去，大喊：“少男！少男！”

陆少男头也没回，纤弱的背影被大雨吞没。

秦天雄一阵晕眩。顷刻，他听到一声惊天动地的霹雳在头顶上炸开，仿佛天穹忽然裂开了一般。

一道蓝白色的闪电从眼前掠过，非常耀眼。

突然秦天雄看见漆黑的天幕上，用火焰写着一行大字，像霓虹灯似的地闪烁（幻景）：

诸神在听着你说话！

秦天雄惊呆了。这景象比北极光还要壮观，离奇。他睁大眼睛。再细看，蓦地，那些字消失了。

秦天雄全身震颤，呆呆地立在雨中，听凭雨柱在他脸上、身上抽打。一切他都置之度外了：陆教授的恩怨、师生情面、爱情、前程……

〔第五十节〕医学系阶梯教室

研究生论文答辩现场。

秦天雄在众目睽睽之下登上讲台。由于紧张的缘故，他的脸色微白，喉咙也有些发涩。只有那一双窝眼，幽幽的，闪烁着倔强的斗志。

论文的内容和文字秦天雄早已背得烂熟。此刻，他手握金属棍，侧身而立，一面指点着幻灯小银幕上的字幕，一面大胆地、逐字逐句地把他的新论点抛了出来。

秦天雄：“据统计表明，在动脉粥样硬化发病过程中高胆固醇起着重要作用。但是近年来的研究表明，高血脂并不是冠心病的基本病因……”

随着秦天雄略显机械的、有节奏的背诵声，幻灯银幕上闪过一张张表格、图形、数据。

秦天雄的画外音：“动物实验研究发现，给家兔喂食高胆固醇饲料会导致高脂血症，解剖可见，主动脉血管壁有明显粥样斑块，与此同时血液测定发现血小板微聚物显著增加；如果在给家兔喂食高胆固醇饲料的同时，加服一定剂量的血小板抑制药阿司匹林和潘生丁，结果发现家兔虽然有高脂血症，但血管壁并未出现粥样斑块，血液测定血小板正常。这提示了引起冠心病的真正罪魁可能并非胆固醇，而是血小板，是血小板的异常活动……”

五位答辩委员面朝答辩者坐在首排，专注地望着幻灯银幕，主席先生欧阳谦教授静静地品着茶。陆明翰坐在最右侧，从后面看不见他的表情。他厚重的背影紧贴着椅背，后颈上露出一圈白领，那颗高傲而博学的头颅一丝不动。

秦天雄：“根据系统科学分析显示，冠脉循环是一个具有自我调节力的双平衡系统，冠心病的发生和发展，该系统平衡因遭到外界或内在的强干扰而被破坏所致……”

听众席上一阵兴奋的小骚动。秦天雄的观点的确使入耳目一新。一座门窗紧闭的王国倏忽间吹来一股新鲜空气，不论赞成者或是反对者，引起的惊奇都是能想见的。

秦天雄宣读完毕。他两手横握金属棍，躬身致谢，声音有些沙哑：“谢谢大家！”

没有掌声、没有喧嚷，也没有谁站起来起哄。一刹那间，教室里出奇的寂静。

欧阳谦教授走上讲台，（字幕：答辩委员会主席、华东医科大学教授欧阳谦）郑重宣布：“现在请各位答辩委员提问。”

舒医生第一个站起来发言。（字幕：医学院内科主任舒丽萱副教授）她是答辩委员会里唯一的女性，外貌娴静，语气温婉，对论文给予了完全肯定的评价：“秦天雄的选题既是传统的，又是先进的，论文在临床和大量试验研究的基础上，对冠心病的成因大胆提出了新的解释，是很有创见的。论文从系统学的观点来分析冠心病的发病机制，这一点很新颖，国内外均尚未见报道。我认为这是一篇好文章。”

第二个提问的答辩委员是一个高个儿学者（字幕：南方心血管病研究所陈副研究员），站起来像一头长颈鹿。

陈副研究员：“毋庸置疑，这篇论文课题确是比较新的，设计也有独到之处……”

例行的客套之后，长颈鹿话锋一转，道：“但是我感觉，论文的总体思想尚不成熟，待商榷之处不少。首先，我不太清楚，论文里提出双平衡系统靠什么维持，因果关系究竟怎样？秦天雄能否做进一步的说明。”

问题渐渐切入内核，陈副研究员提高嗓门道：“冠心病的病因医学界一直存在争论，但高血脂与冠心病发病率的关系迄今为国内外专家所公认，秦天雄的论证并没有足够理由推翻这一点……”

罗副教授坐在陆明翰的左侧，无论作为心血管教研室副主任，还是陆氏学派的副帅，他都是一位强有力的人物。他此刻站了起来。一张方脸，一身黑西服，领带是紫红色的，在彬彬有礼的外貌后面，潜伏着一种从容不迫的杀气（字幕：医学院心血管教研室副主任罗跃武副教授）。

他微微颔首，一字一句地说：“课题本身自然是无隙可击。冠心病是当今世界几大医学难题之一，特别我国近年的发病率一直呈上升趋势，进一步探讨冠心病的发病机制，无疑具有很大的理论价值和实用价值。”

罗副教授转过脸，朝主席洒脱地一笑。抽象的肯定之后，他随之给论文答辩者当头棒喝：“不过秦天雄的系统平衡说立论失之偏颇。照论文所述，似乎阿司匹林可以成为包治冠心病的百宝灵丹。事实上抑制血小板药的使用临床上还存在争议。再提一个问题：大量临床事例表明，许多心肌梗死患者死后查不出新血栓，请问这如何解释？看了论文，我觉得解释不了。”

说到此处，罗副教授露齿一笑，这是一种充满自信和向对方发出致命一击的那种笑容。这猛烈的一击，基本上把这篇论文否定了。

会场气氛出现逆转。秦天雄处境险恶。他垂着视线，暗暗咬牙。

欧阳文彬不露声色地注视着秦天雄。

陆明翰坐在椅子上纹丝不动。

这时，欧阳谦教授站起来说：“我以个人名义谈点意见。”

他身着铁灰色条子西服，系一条咖啡色斜纹领带，身材伟岸，额头宽大，颇有学者风度。

欧阳谦道："我本人非常欣赏这篇论文。它对人们长期争论的冠心病机制提出了崭新的见解，这在国内心血管界是一个创举，在国外也尚未见到类似的报告。我认为这篇论文是代表我们国家水平的……"

教授语惊满座，会场气氛轰动。

欧阳谦环视听众，继续高声说道："当然，一个新理论框架在它刚刚诞生时，难免有不完善的地方，甚至有些'偏颇'，我认为这不奇怪。我们评价一个理论，主要应看它是否提出了新的东西，是否有新发现，这是最主要的。我为陆明翰教授，也是我的老朋友能培养出这样的学生，感到由衷的高兴……"

掌声打断了他的话。听众中，资料室那个护士也在鼓掌。

欧阳文彬向陆教授投去关注的目光。

罗副教授点燃了一支烟。

秦天雄默默地望欧阳谦教授，眼里盈着感激和一种被人理解的慰籍。

对论文的评价，否定与肯定意见各占两票。局势变得很微妙。不言而喻，决定秦天雄命运的那一票，操在答辩者指导老师手里了。

欧阳谦向陆明翰点头示意，请他发言。

陆明翰仍然没有表示。但看得出他的表情很复杂。

〔第五十一节〕医学系阶梯教室 同上

欧阳谦教授宣布："现在请秦天雄进行答辩。"

秦天雄走上讲台。他两眼炯炯，脸上焕发着一种发现了真理并且希望让人分享的容光和真诚。

（推成近景）秦天雄（从容地）："历来关于冠心病的病理研究，'血脂说'也好，'血栓说'也好，都是循着单一的因果论进行的，它把事物看成一段直线：起点——终点，原因——结果。事实上，世界上许多事物不是简单的直线，而是复杂的圆圈。在圆周上，起点和终点是重合的。在圆周情况下，原因表现为结果；在另一种情况下，结果又表现为原因……”

陆教授端起蓝瓷茶杯，啜了一口，额上显出一根很深的纹线。

（从最后一排俯视）秦天雄继续说着，他的声音在教室里回荡：“我的论文并没有推翻‘血脂说’，也并不否认高血脂与冠心病发病率的关系。恰恰相反，论文中的系统平衡思想，是从我的导师陆教授的理论中获得启示的。我只是指出了血脂不是单一和唯一的原因。它只是决定冠心病发生的两个相关的圆上的一个环节……”

秦天雄侃侃论道。

欧阳谦教授赞赏地颔首。

罗副教授转过脸同陆教授耳语。

陆教授做了否定的表示。

秦天雄鞠躬：“我的答辩完了，谢谢！”

在一刹那，陆教授深邃的眼睛里闪出温暖的光来，但转瞬即逝。

秦天雄走下讲台。他向陆教授投去殷殷的目光。

陆教授的侧影（特写）。他紧闭双唇，眼神严峻，脸上的表情高深莫测。

秦天雄期盼的目光。他多么希望恩师此时站起来，说一句肯定论文的话呀！但是，陆教授终于没有动。

欧阳谦宣布：“答辩到此结束，现在休会。”

专家们起身，鱼贯而出。

会场上顿时活跃起来，一种大赛即将揭晓的情绪。

半小时过去了。答辩委员们姗姗来至。秦天雄不安地注视着门口。

又过了十五分钟。还不见委员们的影子。

教室里的听众有的左顾右盼，有的交头接耳。

秦天雄默默祈祷。

十二点差三分。答辩委员们回到教室。五人的表情各不相同，庄重之下透着某种情绪。

欧阳谦走上讲台，双手撑在桌上，声音有些激动："我非常遗憾地向诸位宣布，答辩委员会对论文进行无记名投票表决，表决结果：赞成两票，否决三票……"

"哦——"台下骤然爆出一片看见野牛被长刀刺倒的惊叹声。

几百条视线一齐射向秦天雄，仿佛要一睹他倒在血泊中的风采。人头中闪过资料室护士替他惋惜难过的面孔。

陆门的叛逆终于被结束了。二比三，上帝的裁决！欧阳文彬斜睨着讲台，唇际欲笑非笑。

秦天雄咬紧牙关，脸色苍白。在那"哦"的声浪里，他的意识忽然消失。（声浪带着一种奇异的啸声）

（幻觉）一颗硕大无比的心脏在眼前旋转，搏动。

一个苍凉的声音从遥远而神秘的宇宙飘来，那是父亲的呼唤：

"雄儿……太阳……太阳……"

秦天雄仰首上望。

（幻觉）他倏地看见一个肌肉扭曲的身躯被绑在木桩上。橘红色的火苗在身躯四周炙烤。举火者是他的同门师兄弟，一张张大笑的脸。

欧阳谦继续在说："但是我个人相信，我们答辩委员会的决定并不一定就代表真理。要知道权威有时也会犯错误。在一切裁决中，时间才是最伟大的法官，现在闭会。"

全场戛然无声。

秦天雄沉重地站起来，在众人的注视下走出教室。

穿过讲台前时，他在陆明翰面前停下来，默默地鞠了一躬。姿势里凝聚着一种悲剧的韵味。这一鞠躬是被逐出师门时的谢恩，也是告别。从他跨出阶梯教室的这一刻起，他只能同老师分道扬镳了！

礼毕，他像一个全军覆没的勇士，挺直着背脊，走出了这座金字塔。

〔第五十二节〕医学系教学楼

阳光给医学系大楼投下了一条阴影。

被逐出师门的秦天雄从白楼出来。

在门柱东侧，他蓦地看见陆少男悄然无声地站在面前。她的脸色苍白，眼底透露出哀怨和怜惜。

秦天雄略一踌躇，没有招呼她，径直朝外走去。

“天雄！”陆少男在背后喊他。这一声发自肺腑深处的，让人心碎的呼唤，使他浑身一颤，在原地站住了。

陆少男：“天雄，现在回头还不算晚，我可以去求爸爸，再给你一次机会……”

秦天雄：“不，少男，现实是无情的。”他嘴角现出一丝讥讽的笑容，“你一直生活在童话的天国，你是公主，是教授的女儿。我们的差距太大。”

陆少男：“不！天雄，我爱你……”

秦天雄：“我不值得你爱，少男，这条路我是走定了，是不会回头的。”他的声音很冷静，但有一种苍凉感。

话说完，秦天雄踏着满地落叶向石阶走去。

泪水顺着少男的脸颊滚落。

陆少男的心声：“你会后悔的！天雄……”

秦天雄倔强而孤独的背影走下赭红色台阶。

陆少男泪眼滂沱。

石阶的前面是林荫道，一幅斑斓的秋色，两行参天的银杏遮住了碧空。满目漆黑的枝干，金色的碎叶，攒动的人头。

秦天雄的背影融进了人流。

风吹动树枝，银杏叶纷纷飘落，像一片金雨，从金雨深处，忽然飘来一曲缠绵悱恻的歌。

那是他们同唱过的《红雾》。歌声由远而近，伤心而轻柔。

陆少男宛若梦中，呆然兀立。

你看见了红雾吗？
红得像血，红得像宝石。
在那雾的尽头，
藏着生命的真谛。
你看见了红雾吗？
红得像火，红得像太阳。
在那雾的尽头，
藏着我的一颗心。
啊，红雾，红雾，
迷人的红雾！
如果他们胆怯，掉过头去。
不幸的人儿，
敞开心怀独自发言吧！
啊，红雾，红雾，
迷人的红雾！
如果他们狠心，背弃了你，
不幸的人儿，
脚踩荆棘独自朝前走吧！
啊嗬嗬——
红雾，红雾，
前面就是红雾。

秦天雄的背影越来越模糊，最后从视野里消失。

歌声渐渐淡远。

陆少男神色黯然，心里留下一片空虚。

一群学生从大门陆续涌出来。

欧阳文彬夹在人丛中，脸上荡漾着轻松的快意。他忽然发现了陆少男。

欧阳文彬：“少男！你怎么来啦？”

陆少男支吾道：“我来看我爸。”一面掩饰，一面用手背擦去泪痕。

欧阳文彬瞟了一眼林荫道，故作若无其事道：“我早就给你说过，他太狂了，这是咎由自取。”

陆少男看着地上的落叶，漠然一笑。

欧阳文彬叹道：“不过平心而论，他的论文是有水平的，代表了心血管界的一种新潮流。”

陆少男厉声质问：“那你为什么不帮他说句公道话。为什么！”

欧阳文彬：“那种场合我能说吗？我爸爸那么赏识他也没能通过。中国自古重传统，反创新。所谓‘木秀于林，风必摧之’，不过他自己也过于认真了，是自作自受。”

陆少男无语，心头一阵隐隐的刺痛。

欧阳文彬安慰道：“这种人不值得你难过。明天我们出去玩玩吧。”

陆少男冷冷地：“我忙。”

欧阳文彬不在意，笑着从口袋里掏出一个精巧的小首饰盒：“我爸爸特意问到你，这是我母亲送给你的。”

他打开首饰盒盖，里面嵌着一枚漂亮的绿宝石戒指。

陆少男默然不语。

欧阳文彬期待地：“收下吧。”

陆少男仍然没有表示。

这时，陆明翰正从白楼出来，前后拥着一些同行。

陆少男迎上去："爸！"

陆教授脸上露出一丝勉强的笑，显得很累。陆少男突然觉得他老了许多，面容困倦，嘴角现出了先前从未注意到的皱纹。

走在陆后面的欧阳谦教授看见陆少男，高兴地喊道："是少男呀，越长越漂亮了！"

陆少男红着脸，喊了一声："欧阳伯伯！"

欧阳谦："你爸爸刚才又把我打败了，从哈佛大学留学起我们就是一对冤家。哈哈，三比二，这里的传统势力还是很强大嘛！"

陆少男脸上露出黯淡的微笑。

欧阳教授转来脸，教训儿子说："文彬，你可别满足于踩着老师的脚印走路呀。那不会有出息的。"

他们一行沿着石级拾阶而下。

陆明翰一语不发，脸上黯然无光，仿佛战败的不是欧阳谦，也不是秦天雄，而是他自己。

拾级而下的很多双脚。

陆明翰复杂的表情（面部特写）。

旁白（男）："谁也不知道陆明翰现在想的是什么。走下台阶时，他感到一种难于言喻的疲软和悲凉。这是一种一位大师亲手处决自己最得意的高徒的心情，沉重、痛惜、懊丧。他用这一牺牲维护了陆氏学派和自己的面子。在形式上他是胜利了，但精神上他却失败了。"

〔第五十四节〕秦天雄家

相框里的陆少男，吟吟地笑着，一双秋水般明澈的眸子瞅着镜头。

秦天雄默默地望着陆少男的照片，表情痛苦而留恋。

画外音：陆少男天真而纯情的笑声。

秦天雄把相框翻过来扣在桌上。

画外音（陆少男）：“你会后悔的！天雄……”

陆母数落道：“雄儿呀，这么好的闺女，你到哪里去找到？你逞什么能！老师都不认了，对象也吹了……”

秦天雄烦躁地：“妈，你别说了！”

（第五十五节）陆教授家客厅 晚

陆少男端着茶出来，脸上的表情有些寥落。

陆少男将茶递给坐在沙发上的陆明翰：“爸，喝点热茶。”

陆明翰：“少男，爸爸是不是老了？”

陆少男怜惜地望着他：“爸，你不老。”

陆明翰摇头，他轻轻捂住胸口，有些痛苦状。

陆母急忙给他递上一粒药片，一边说：“还不是那个秦天雄，恩将仇报，拆你爸的台！咱们家决不招这样的女婿。”

陆少男默然。

这时，欧阳文彬推门进来，兴冲冲地：“伯母好，伯父身体好些了吗？”

陆母转嗔为喜：“啊，文彬来啦，快坐。”

欧阳文彬：“伯父，我留在心血管教研室了，过几天就上班。”

陆明翰高兴地：“这很好。”

欧阳文彬朝陆少男殷勤地一笑：“少男，老闷在屋里做什么，出去散散心吧！”

陆母疼爱地：“去吧！”

（第五十六节）白芙蓉咖啡厅

旋转的彩灯，欢快的舞曲。

阳文彬和陆少男在舞池里缓缓起舞。欧阳文彬气度温存而潇洒，陆少男表情沉静，郁郁寡欢。

一对对舞伴在池中旋转着。

秦天雄孤独地坐在一张圆桌旁，默默地喝着咖啡。

陆少男突然发现了秦天雄，两眼燃起了激动的火花。

欧阳文彬仍陶醉在轻快的旋律中。

陆少男的目光越过他的肩头，朝秦天雄这边顾盼。

秦天雄呆呆地坐在原处，那姿势就像罗丹的《思想者》。

资料室的护士走过来，大方地邀请秦天雄跳舞，她的一双不算漂亮的眼里含着温情。

秦天雄落寞地摇头："我不会跳舞。"

护士在他对面坐下，轻声时："我看见你答辩了。"

秦天雄："谢谢。"

护士鼓励地："你不应该灰心，你是强者。"

秦天雄感激地瞥了她一眼。他的目光忽然在她身后的一点定住了。那是陆少男的目光，幽幽地望着他，含着爱恨和幽怨。

四目脉脉相视，空气仿佛凝固了。

陆少男蓦然转身，离开了舞池。

欧阳文彬在后面跟着："少男！少男！"

秦天雄端起桌上的咖啡，一饮而尽。

〔第五十七节〕邮局

柜台内，一位穿绿制服的姑娘从信封里抽出一叠打印资料，抬头问："寄的是什么？"

秦天雄："论文稿件。"

绿制服姑娘："稿件按信件收费！"说着把信搁在台秤上，瞥了一眼道："再补一块六毛邮票。"

秦天雄掏钱。

秦天雄往信封上补贴邮票。

镜头推近信封上的地址：

北京《中国医学杂志》编辑部

（闪回）：医学院专家楼门口。

秦天雄："欧阳教授，听说你明天就要回去了？"

欧阳谦拍拍他的肩头："是的，小伙子，不妨让你的见解去碰碰运气吧，记住布莱希特说过的话——真理是时间的孩子，不是权威的孩子。"

〔第五十八节〕心血管教研室

罗副教授热情地向教研室同行们介绍："这是新分到我们室工作的欧阳文彬医生，大家欢迎。"

教研室的同行鼓掌。

欧阳文彬微笑着欠身致谢，显得容光焕发。

罗副教授继续说着："欧阳文彬将是我们教研室里最年轻也是最有希望的接班人……"

〔第五十九节〕研究生宿舍楼

秦天雄夹着饭盒走进大楼。他显得有些疲惫。走过收发室时，他向窗口投去期盼的一瞥。

收发室老头向他摆摆手。

秦天雄失望的眼神。

〔第六十节〕医学系阶梯教室

欧阳文彬身着笔挺的西装走上讲台。

教室里坐满年轻的临床医学系大学生。

欧阳文彬翻开讲义，一字一句地讲道："冠心病是粥样硬化心脏病的简称。它是当今世界三大医学难题之一。据统计数字表明，地球上每年死亡于冠心病的人数约占全部死亡人数的百分之八十……"（我们不难发现他在重复陆教授的话）

一张张专注的面孔。

最后一排靠边的位子上，坐着一个面孔陌生的大学生。

〔第六十一节〕研究生宿舍楼

秦天雄夹着一摞资料走进大楼。走过收发室，他照例向窗口投去希望的目光。

黑洞洞的窗口。

窗台上扔着许多无主的新年明信片，像秋风吹来一片片落叶，扑满灰尘，被人遗忘。

秦天雄黯然的眼神。

〔第六十二节〕花市

花枝招展的腊梅扑入眼帘。

欧阳文彬从一丛腊梅中挑出一束，递给身旁的陆少男，陆少男接过腊梅，淡然一笑，凑近鼻尖闻了闻。

卖花人说了一个价。

欧阳文彬掏钱付款。

腊梅在冷风中瑟瑟抖动。

〔第六十三节〕研究所宿舍楼

腊梅化作炫目的光环，在眼前闪烁不定。

一个奇特的声音由远处掠过。

秦天雄匆匆地走进大楼，他两眼灼灼，有异态。

炫目的光环化作一片红晕。

那神奇的声音又在远处响起（音响）。

秦天雄兴奋地四下顾盼。忽然，他的目光凝固了。

一个白色信封醒目地立在玻璃窗里。

秦天雄站住了，一种下意识的预感使他浑身都激动起来。

秦天雄的手捏住信封。信封右下角赫然印着《中国医学杂志》编辑部。

秦天雄抖抖索索地把信封撕开，从里面抽出一张用打字机打印的通知单。

秦天雄读着通知单，表情激动。

画外音："秦天雄同志，寄来的论文收到，我们认为这是一篇有创见的研究报告。经编委会研究，决定采用，已发本刊14卷第一期。特告。希望你把研究工作深入下去，并请向指导教师陆明翰教授顺致敬意！"

秦天雄热泪盈眶（特写）。

电话间〔第六十四节〕

秦天雄急切地拿起电话，拨了一个号码。

电话拨通了。他期待地喊道："喂，美术出版社吧？我找陆少男。"

话筒里传出一个尖细的女高音："陆少男不在！"

秦天雄："请问她什么时候回来？"

女高音："她请假了，不知道。"

秦天雄怅然若失地放下话筒。

研究生宿舍〔第六十五节〕

秦天雄走回宿舍。蓦然，从远处传来一阵爆竹响，还有音乐和锣鼓声。

接着走廊上也响起一片嘈杂声，其间夹带着年轻人的嬉闹。有人在他的门上重重敲敲了几下。

画外音："嘿！快去吃欧阳的喜糖呀，在陆教授家。"

秦天雄猛醒，拔腿就往外跑。

医学院校园〔第六十六节〕

暮色笼罩着医学院。新月湖对面闪着耀眼的亮光，林子里有归巢的鸟雀在叽喳鼓翅。

秦天雄喘着气拼命奔跑。

天上飘起了雪花。

〔第六十七节〕陆教授家客厅

欧阳文彬挽着陆少男的手款款地走进客厅。新郎身着黑西服，花领带，衣襟上插一朵红绢花，看上去潇洒漂亮，志得意满。新娘披着婚礼白纱，嘴角含着淡淡的微笑。

教授夫妇和客厅里的亲朋好友向他俩投来温馨的目光。

〔第六十八节〕教授楼前

秦天雄疾步赶到教授楼，怔怔地站住了。

陆教授家的门楣上贴着一个大红的“囍”字。门前停满了自行车。

一地的爆竹纸屑，像缤纷的落花。

从楼里传出隐约的歌声、笑语。

秦天雄木然地站在楼外。

雪花飘落飞舞，在灯光映照下如同金蛇狂舞。

秦天雄的面部特写。眼眶里闪动着泪光。

《红雾》的歌声穿过纷纷扬扬的雪花飘来，听去甜蜜、苦涩、温暖、悲凉……

你看见了红雾吗？
红得像血，红得像宝石。
在那雾的尽头，
藏着生命的真谛。
你看见了红雾吗？
红得像火，红得像太阳。
在那雾的尽头，
藏着我的一颗心。
……

（闪回）黄龙寺山涧。秦天雄从地上拾起一本琼瑶的《心有千千结》，很有礼貌地递给陆少男，转身欲走。

陆少男激动地："请等等，我还没有谢你哩！"

（闪回）医学院林荫道。陆少男，大方地伸出左手。秦天雄用笔在她的手心上写下"秦天雄"三个大字。

（闪回）秦天雄家。陆少男冲动地握住秦天雄的手："天雄！"秦天雄微微一震。陆少男满脸通红，羞涩地把手缩回。

（闪回）陆教授家。陆少男为秦天雄杯里斟满红葡萄酒，目光里含着温馨的笑意。

众碰杯，一饮而尽。

秦天雄孤独的身影。

他的肩头上积满了雪。

《红雾》主题歌继续着。

秦天雄的面部特写。

一滴泪珠顺着他的脸颊滚落下来。

教授家门楣上大红的"囍"字。

门口涌出许多人，陆少男和欧阳文彬送客出来。

客去，新郎新娘返身进门。陆少男刚转身，意外地发现伫立在暗处的秦天雄。她怔了一下。

"天雄！是你？"她奔了过来。

秦天雄（一字一顿地）："恭喜你做新娘了。"

陆少男表情复杂，脸上的笑容凝固了。她垂下头轻声地："谢谢。"

秦天雄从衣袋里掏出杂志采用通知单给她说："我的论文被《中国医学杂志》采用了。特来向你报喜。"

陆少男接过信，脸上露出悲喜交集的表情："真的？"

秦天雄（感情难抑地）："少男，我爱你！"

陆少男感情复杂地望着他。

秦天雄粗暴地诘问："为什么你这么快就结婚了？这是为

什么？”

陆少男泪眼蒙蒙，痛苦地摇头。

秦天雄蓦地握住她的手。

秦天雄的手心触到一个坚硬的东西，是结婚戒指（特写）。他的手松开了。他意识到一切都不能挽回，她已经不属于他了。

有人放烟火弹，嘶嘶地，一颗、两颗、三颗……，红黄绿交辉，一片光华。空气中飘浮着一股火味。

他们默默站着，相对无言。

陆少男强作笑颜道：“进去坐坐吧。”

秦天雄摇摇头。

陆少男无语。

秦天雄忽然觉得自己不该闯来，他语调苍凉地说：“少男，祝你和欧阳幸福，问陆教授好。”

说完，他一扭身，头也不回地踏着薄薄的雪走了。

欧阳文彬发觉新娘没进屋，这时返身出来。

他看见陆少男两眼发红，有些诧异，一把揽住她，温存地：“少男，怎么啦？当心冻着。”

陆少男：“秦天雄来过了。”

欧阳文彬一怔，旋即大度地说：“怎么不请他进来？”

陆少男喃喃地说：“他走了。”

她的话听起来像是远方的回声。

〔第六十九节〕教授家客厅

客厅里宾朋满座。大多是充满青春活力的年轻人。满屋荡漾着轻音乐的旋律，幽默的谈笑，袅袅的青烟。有人起哄叫新娘表演节目，掌声四起。

陆少男歉然施礼。欧阳文彬忙着在客人中间周旋应酬，向大家递烟敬糖。

陆少男径直朝陆教授坐的沙发走去。“爸，天雄的论文就要发表了！”陆少男向父亲转告，“他还问您好。”

教授一震："噢，什么杂志？"

陆少男："《中国医学杂志》，编辑部还特地向你致意哩。"

陆教授嘴角露出隐约的微笑，表情非常复杂。秦天雄，他的学生，终于从他身上跨越过去了！

教授突然大声说："拿酒来！"

陆母很诧异，犹豫着未动，因为教授从不喝酒。

老头作色："叫你去拿！"

陆母不安地瞅着他："明翰！"

陆少男端来一杯红葡萄酒。

教授接过杯子，一饮而尽。他脸色微微泛红，显得很兴奋，连额上的波纹都舒展了。

陆少男目光异样地看着父亲。

突然教授感到一阵剧烈的心痛，脸色苍白，大口喘气。陆母惊慌失措。

陆教授吃力地抬起手臂，指指上衣口袋。

陆母急忙解开衣袋，掏出一个小巧的金属盒，打开来，从里面取出一颗白色药片。

药片还未来得及给教授含在嘴里，教授已瘫倒在沙发里。

医学院校园（第七十节）

讣告（特写）。黄纸黑字，缓缓上移。

字幕（叠在讣告上）：我国著名心血管专家、S 医学院心血管专业创建人陆明翰教授，因急性心肌梗死并发心力衰竭，抢救无效，于 2 月 20 日凌晨 4 时 45 分在医学院附属第一医院逝世。终年 65 岁。

陆明翰教授，早年曾留学美国哈佛大学医学院，成绩出类拔萃，回国后在医学院任教，历任讲师、副教授、教授、内科主任兼心血管教研室主任。

陆明翰教授在冠心病的发生和防治方面取得了突出的成就，他的学说被命名为"陆氏理论"，他本人也曾获得美国医学界最高学位——科学博士 (D.Sc.)，并当选为中华医学会心血管病分会主任会委员。

……

陆明翰治丧委员会

1985 年 2 月 21 日

陆少男的画外音（沉痛地）：“爸爸的逝世，在医学院引起很大的震动。我国医学界的一颗一级亮星陨落了！他的死，在人们心中留下了无尽的怀念和哀思……”

医学系白楼静静地耸立着(从各个角度摄)。

镜头推近白楼大门。

拾级而上的楼梯（跟拍、空镜头）。

陆教授生前的办公室。人去室空。

办公桌上的稿笺、文具。

烟缸里的烟蒂（特写）。

陆少男的画外音：“爸爸心脏不适已有多年。他虽然严格控制饮食，但却没能戒烟。有文献记载，长期吸烟可加剧血小板聚集，引起冠状动脉痉挛，促使冠心病发生。爸爸的死，悲剧性地为‘陆氏理论’做了一个补充。但也有学者认为，他的发病不一定是吸烟所致。某些吸烟普遍的国家或地区，比如日本，冠心病发病率并不高。这的确还是个谜。爸爸的死，同时表明了，人类要征服冠心病，还有一段艰苦的路程，还需要许多后继者勇敢地去探索。”

〔第七十一节〕医学院阶梯教室

空荡荡的阶梯教室。

秦天雄独自一人坐在最后一排的边上。镜头从他背视讲台。

教室里回荡着节奏鲜明的“卜、卜”声(加混响)。

秦天雄的背影凝固不动。

满屋只听见强烈的心脏搏动声。

镜头缓缓推近讲台（重复几次）。

“卜、卜”声渐弱。陆教授的讲话声此刻响起，宛若空谷回音：

——我们研究心脏的目的，是使人类最终能够免除冠心病，从而活到正常的寿命。人类对心脏和血液循环的认识经历了漫长的岁月。历史上有许多先驱者做出过重大贡献和牺牲……

镜头从几个角度缓缓推进讲台。

讲台后面的黑板。

陆少男的画外音（沉痛地哀悼）：“爸爸临死前未能见到秦天雄一面，也许是他一生中最大的遗憾。在弥留之际，他对前来探望的院长说：‘我一生中最大的发现是秦天雄。’”

〔第七十二节〕叠化

新出版的《中国医学杂志》封面。

翻开的杂志，醒目的论文标题《系统平衡说：冠心病致病机理新探》。

陆少男的画外音：“不久，秦天雄的硕士论文先后在国内外的医学杂志上以显著位置登载出来。他的几篇论文也陆续发表。这些研究成果在国内外医学界产生了强烈的反响。正像爸爸曾经预见的，他终于成了心血管界一颗冉冉升起的新星！”

印刷机下飞转而出的报纸。

报纸头版头条上的大字标题：我国青年医学工作者秦天雄探索冠心病获得突破。副题：他被聘为国际心血管学会最年轻的会员。

〔第七十三节〕心血管教研室

罗副教授读着手中的报纸。

欧阳文彬羡慕地：“报上说国际心血管学会邀请他以访问学者的身份去讲学和合作研究。”

罗副教授把报纸折起，似有所感地：“没想到他终于成功了……”

（第七十四节）医学院林荫道

秦天雄和院长在林荫道上漫步。

秦天雄：“我不想马上出国。”

院长：“科学是没有国界的，它是属于全人类的财富，而科学家有自己的祖国。你应该代表炎黄子孙走上世界医学界的讲台。”

秦天雄虔诚地点点头。

院长：“可惜陆教授没有亲眼看见这一切。”

秦天雄的视线投向远方。

一群鸽子掠过天空，盘旋，最后消失在蓝天深处。

（第七十五节）机场

秦天雄提着旅行袋走进候机大厅。他穿一身新制的出国西服，看去还不大习惯，脸上的线条还是那样粗犷，一双眼睛，闪露着那种熟悉的亮光。

在人丛中，他意外发现来为他送行的陆少男，不禁怔住了。

她穿一件淡雅的外套，头发用一条黑缎带随便地系在脑后。看上去她变得沉静了，使人感到一种圣洁的美。但是她的眸子里还是含着往昔的影子。

银色的客机像只巨鸟静静地停在机坪上。

在检票口她和他握手告别：“祝你鹏程万里！”

“谢谢你……”他握着她温软的手，心中升起一种失落的、淡淡的惆怅。

陆少男祝福他：“你会重新得到爱的。”

他苦笑了一下。

“再见。”她说。鼻子酸酸的，但她忍住了，没有掉泪，竭力露出一个温柔的笑容。

“再见。”他说。

他跨过检票口，大步向波音 747 客机走去。

主题歌声顿起。

你看见了红雾吗？
红得像血，红得像宝石。
在那雾的尽头，
藏着生命的真谛。
你看见了红雾吗？
红得像火，红得像太阳。
在那雾的尽头，
藏着我的一颗心。

一轮橙红色的太阳从机身后面升起，映着机场，霞光万道。

陆少男的画外音：“秦天雄走了，我突然觉得他融进一片光焰之中。不知为什么，我记起了美院老师说过的那句话：‘哦，凡·高，他扑向太阳！’”

〔全剧完〕

《心之恋》创作手记
——关于《心之恋》的故事和追求

松 鹰

一 小说的构思和立意

《心之恋》是我的中篇小说处女作。

1986 年初，我开始构思这个中篇。当时我的第二部长篇小说《啊，哈军工》，正由重庆出版社付印中。处在创作徘徊和冲动中的我，想尝试写一两个中短篇。其中的一个构思就是“心之恋”。

最早拟的小说名为“发现”。我和一个年轻朋友谈构思时说，小说内容为科学题材，取名“发现”，灵感也许来自英国大科学家戴维和法拉第的恩怨。比如戴维发现了法拉第，后来又打压法拉第。其中有很多耐人寻味之处。法拉第当学徒时，听了戴维的科学讲座，恭恭敬敬地把笔记整理成好几本，拿给戴维看，表示很想到皇家学院搞科研。戴维对法拉第说：“科学就像一个情人一样，你对她付出的多，得到的却很少。你这种情况，到皇家学院来，只能洗瓶子。可惜了，会把你耽误了。”法拉第表示：“洗瓶子我也干！”于是，戴维设法把法拉第弄进了皇家学院。在戴维的提携下，法拉第后来成了著名科学家。法拉第成名后，学术上有的观点和戴维冲突，往往他的见解比戴维高明。戴维就开始压制他。最后，英国皇家学会推选法拉第为会员，当时法拉第 32 岁，所有的会员都投了赞成票，只有一人投了反对票，他就是戴维。但在戴维死的时候，他对人说了一句：“我一生中最大的发现就是法拉第。”

当然，戴维和法拉第的故事只是一个引子。小说创作需要另辟蹊径。

这位是第一读者的年轻朋友问我，为什么会选择科学题材写小说？我说：我写科学家传记基本上得心应手，写小说涉及科学题材，也许比较容易驾驭。第二个原因，就是反映科学题材的小说，我国还比较少见，需要有人去尝试。徐迟的《哥德巴赫猜想》写得很精彩，轰动一时。但《哥德巴赫猜想》是报告文学，写的是陈景润的真人真事，不是小说。徐迟还写过《地质之光》（李四光的事迹），影响不及《哥德巴赫猜想》大，也是报告文学。

科学的领域很多，我选择了医学作为小说的背景。在医学中，又选择冠心病作为小说主人公探索的目标。这是因为冠心病是世界性的医学难题，颇富有挑战性。据当时的统计数字，地球上每年死于冠心病的人数，约占全部突然死亡人数的百分之八十。冠心病是当今世纪的主要杀手之一。正因为如此，冠心病成为世界上的重大医学课题。有许多学者在这个领域做了大量研究，至今尚未完全揭开冠心病的奥秘。这就为医学研究和小说创作提供了想象的空间。选择医学作为小说的背景，还有一个因素，就是在我生活的城市成都，有一座很有名的医学院——华西医科大学，可以为小说提供许多第一手素材。事实上，在酝酿和写作小说过程中，我多次到该校采访和体验生活，包括心血管研究生的学习和论文答辩等，获得了很多实际感受，对创作帮助很大。小说里 S 医学院的原型，就是华西医科大学。

关于小说的故事情节。我设计了两条线：一条是小说的主线（事业线）；另一条是小说的副线（爱情线）。两条线相互交织，推动情节向纵深发展。

我想通过一个交织着事业和感情矛盾冲突的动人故事，表现两代中国医学工作者对科学真理的执着追求，以及他们的奉献精神。同时又折射出人类探索真理，征服自然，要付出沉重的代价甚至牺牲。

关于小说人物的设置。主要人物有 4 个：陆明翰教授、研究生秦天雄、欧阳文彬、陆明翰的女儿——美院学生陆少男。这 4 个人物的性格特征设计，如我后来在《导演阐述》中所做的说明——

陆明翰教授是秦天雄的恩师，又是欧阳文彬父亲欧阳谦教授的老友。作为著名的心血管专家和陆氏学派的主帅，陆明翰是一位声望很高的权威，学术上卓有建树，风范令人景仰。他睿智，宽厚，识才爱才，为探索心脏病之谜献出了毕生心血。正是他发现并破格提携了秦天雄，但当他的理论和声誉受到学生挑战时，也表现出一刹那间的犹豫和惶惑。这里面有人性的弱点，也有传统陋习的强大阻力。他的内心一直处在矛盾和痛苦中。但他不失为一位伟大的先驱者。他预见自己的学生将成为心血管界的一颗新星。

秦天雄是一个孜孜以求的学子，又是一匹野马。他是陆教授最得意的学生，欧阳文彬的同窗和竞争者，陆少男真心所爱的人。他深沉，内向，有男子气，对女孩子有一种特殊的吸引力。我设计这个人物的性格比较内在，貌似几分冷峻，内心深处却蕴藏着炽热的感情。为了信念可以不顾一切，带有理想主义色彩。他敢于向权威挑战，哪怕是自己深深爱戴的恩师。秦天雄身上最闪光的部分，就是这种“吾爱吾师，但吾更爱真理”的执着和真诚。他的答辩失败了，论文最终获得成功；他的事业成功了，爱情却失败了，永远失去了陆少男。从这个意义上说，他既是一个成功的失败者，又是一个失败的成功者。

欧阳文彬是秦天雄的对立面，也是一个人才。他长得很帅，风流倜傥，谈吐幽默。作为本科高才生和医学世家之子，他在许多地方比秦天雄优越。他并不是那种纨绔子弟型的青年。在对待陆少男的感情上，他也是真心的。但在他身上总显得缺少一点什么，那就是秦天雄身上具有的那种内在的力量。同秦天雄相比，他是一个现实主义者。他考虑问题比较周全，注意权衡得失，懂得人际关系。他总是踩着导师的脚印走。他的硕士论文很容易得以通过，并且理所当然地成为陆氏学派的继承人。但他失去了更为宝贵的东西。他虽然得到了与陆少男的婚姻，却始终没有得到她的爱情。

陆少男是一个富有青春气息的纯情少女。她是美院女学生，有艺术气质，洒脱，纯真，富于幻想，作为名教授的女儿，除了具有大家闺秀的禀性外，还有点傲气和任性。这个人物在小说里既是叙述故事的视点，又处在两个人际三角形的交点上。这两个三角形分别形成情节的主线（事业线）和副线（爱情线）。陆少男的感情在剧中有两次大的跌宕。她最终离开秦天雄并非因为薄情，而是意识到已经不可能与秦天雄好的一种绝望之举。在她的心中永远爱着秦天雄。

小说要表达的，更多的是人文的内涵。

我觉得《心之恋》这个题材的价值，在于它通过两代心脏医学专家为追求真理，探索奋斗，前赴后继，无私奉献的动人故事，比较准确地揭示出新时期知识分子的人际关系和精神风貌。由于旧的传统观念的影响，中国知识分子和学术界的论资排辈和门户观念是很重的。陆明翰教授只是现实生活中的一个缩影。剧中主人公向权威挑战的精神和命运，既具有震撼人心的力量，又给人留下许多耐人寻味的东西。

不仅如此，《心之恋》还蕴含有更深一层的内涵：对人生、历史、宇宙的思索。

二 完稿和发表经过

构思和立意有了，就开始拟小说的提纲。

4 月 1 日至 5 日，我到重庆出了一趟短差。去重庆出版社催了催《啊，哈军工》长篇。在好友世俊的陪同下，到印刷厂生产科和车间，看到书稿正打成纸型，计划 5 月底出书。我备受鼓舞，回成都后的一天，大约是 4 月 9 日，把《发现》的提纲一气呵成。那天我参加一个思想政治工作研究会的年会，一心两用，在会议发的一本资料本的空页上，用蝇头小字密密麻麻地写了四页。提纲总共有 14 个章节，小说的人物关系和故事梗概，包括个别细节，都尽在其中了。

我写小说，写提纲总是很顺手，铺开则难了。随后的几天，坐在写字台前苦思冥想，枯坐了几个下午，也没有把开篇的第一节写出来。看来，形象思维比逻辑思维的难度大很多。

接下来，陷于市文联的事务性工作里，难于抽身。写稿的事暂停下来。夏天匆匆过去了。直到 9 月 2 日，摊开稿笺，准备趁“病休”的几天动笔写“发现”的内文。小说的框架早已设计好，具体施工却总未能开头。第一节按照提纲，是 A（男主角秦天雄）与 C（女主角陆少男）在九寨沟邂逅。但邂逅的细节，却迟迟为空白。晚上，我展开四页提纲，试着津津乐道地给妻子讲男女主人公“九寨沟邂逅”的场景。她是这个小说的第二个读者（听众），而且眼光很高。妻子泼冷水说：“你写的东西没得人看。”我笑笑说：“我的读者遍天下。”

俗话说，夫人不言，言必有中。根据妻子的提议，决定将小说名由“发现”改为《心曲》。前者似过于直露了。然后联系华西医科大学，在研究生部的帮助和安排下，几次去该院观摩心血管课题的研究生答辩，并做了采访记录。有了研究生的生活实际体验，感觉人物形象在脑海里活起来。

10 月 7 日，请了两周的假，悄悄去新都桂湖公园，躲在一间小客房里，正式动笔写《心曲》。到 10 月 20 日，完成前九章，返回成都。

11 月 30 日，终于完成小说的初稿，5 万余字。

小憩了几日，开始加工正稿。其间，几次跑华西医科大学采访，对象有研究生也有教授，了解关于冠心病的研究方向、致病机理，以及国内外最新动态等。同时跑成都市科技情报所，查阅有关冠心病的资料。

1987 年在一种躁动不安的气氛中到来。1 月 12 日，完成《心曲》正稿第十二章。该章涉及冠心病的新观念，颇为斟酌了一番。

1 月 15 日上午，完成《心曲》正稿第十三章。

1 月 18 日，完成《心曲》正稿第十四章。

1 月 23 日，完成《心曲》正稿第十五章。余下还有最后两章待补：一是陆少男婚礼；二是陆教授去世。

2 月 9 日，去华西医科大学研究生部，在一位姓张女士的帮助下，找到两份本校老教授逝世的讣告，作写最后一章的参考。

2 月 11 日，完成《心曲》全稿。当天的日记，记下了这一刻：

夜 11 点 30 分，写完《心曲》稿的最后一行字！“哦，凡 · 高，他扑向太阳！”这场历时四个月的文学中长跑，终于到了终点。小说为医学题材。内容涉及文学、医学、美学以及哲学、科学。全稿 61000 千字。这是我的中篇处女作。小说还可用另外两个名字：《发现》《他扑向太阳》。

近日即寄出。

《心曲》的写作，从提纲到完稿，前后实际上经过了 10 个月时间。此时此刻，遂了一个心愿，如释重负。同时也对小说寄予了厚望，充满着希冀。

但没有料到的是，接下来竟是漫长的等待。

当时国内科学题材的小说很鲜见（现在也不多），由于《心曲》内容独特，也有些“另类”，先后寄给几家纯文学期刊，都遭到冷遇。

后来，我怀着试一试的心情，把稿子寄给了北京的《十月》杂志。

大约一个月后，意外收到《十月》副主编、资深编审张守仁的复函：“《心曲》已阅，有新意，有基础。已推荐主编审读。有了最后结果再告。”《十月》在20世纪80年代的文学刊物中如日中天，作品能够上《十月》，几乎是所有作者求之不得的事。我怀着兴奋的心情，等候着消息。两个多月后，终于收到张守仁老师来信，拆开展阅，方知“终审未通过。”可以想见，《十月》的好稿很多，竞争厉害。张在信中写道：“此稿我认为不错，但终审不同意发，很遗憾，请谅解。”

我与张守仁老师素未谋面，也不认识。但张在信尾提出了两个处理方案，由我选择：一是他写信介绍给其他刊物选用；二是将原稿退我。对一个陌生的作者如此热忱和厚爱，令我非常感动。我自然选择了第一个方案，怀着感激之情回了信。

这时，稿子已周游了整整一年！

又是两个月过去了。1988年5月9日，张守仁老师来信告诉我：“《心曲》已推荐给深圳《特区文学》发表，他们已决定刊用。拟发第四或第五期。”

这个“难产儿”，受了一年多的磨难，终于要问世了！我庆幸自己遇到了一个好编辑。这部中篇处女作发表的意义，对我说来，不单是一部作品——它为我后面的写作开辟了道路。（两年后，我的第二部中篇小说《泸沽湖的诱惑》，经守仁老师推荐在《十月》发表。这是后话。）

1988年9月，《心曲》更名为《心之恋》，在《特区文学》第五期头条发表。该刊的卷首语，对小说做了画龙点睛的概括：“《心之恋》一语双关：既有深切动人的恋情，又有如痴如醉的对人体心脏的探寻。作品以研究生秦天雄钻研心脏病学为主线，展开种种矛盾冲突，字里行间透出一股生命的活力和幽远的诗意，对传统的陋习也无疑具有一种理性的评判力量。”

《特区文学》由深圳市文联主办，特区文学杂志社社长和主编为戴木胜先生。我很感激《特区文学》为《心之恋》提供了展示的舞台。小说发表后，获得不少读者的喜欢。我不知道自己在小说里的文学追求，是否完全实现了。许多年之后重新阅读，仍然有一种历历在目的亲切感。

2009 年 10 月，四川美术出版社出版我的中篇小说集《泸沽湖的诱惑》，《心之恋》收入在内。承蒙四川作家协会副主席、著名作家意西泽仁为该小说集作序。意西泽仁先生在“序”中写道：“《心之恋》是一部故事曲折、情感凝重的小说，作品中既有浪漫动人的爱情故事，又有医学科学对人体心脏的探寻，更有良心对道德的思考和道德对良心的拷问。作品以研究生秦天雄钻研心脏病学为主线，展开了同学之间、恋人之间和师生之间的错综复杂的矛盾冲突，塑造出众多性格鲜明的人物形象。”

意西泽仁先生还说：“作品经历了 20 多年的时间磨砺，今天仍闪烁着人性美的光彩，仍具有高品位的艺术价值，我想，这正是优秀文学作品的魅力所在。”

这对我是莫大的鼓励。

三 拍电视剧的甘苦

《心之恋》拍电视剧的念头，在写小说时就有了。

对于揭示生命的真谛，窥探人性的幽微，医学是一个独特的视角。文学巨子契诃夫、鲁迅、郭沫若都学过医，他们对人生的剖析往往更加鞭辟入里。医学题材的影视作品不多，如果拍得精彩，常常是艺苑的奇葩。希区柯克的《爱德华大夫》以悬念和心理分析见长，加上大影星英格丽·褒曼和派克珠联璧合的表演，使该片经久不衰。美国揭露医道黑幕的影片《昏迷》以惊险的情节取胜，也是一部医学名片。国产电视剧《希波克拉底誓言》，则是以强烈的思辨色彩和新颖的手法赢得评论家青睐的。

《心之恋》小说发表之前，我就着手改编影视文学剧本。从小说改编为剧本，是一次再创作。后者同样要有一个好故事，但更强调画面和节奏感，还有戏剧冲突。我希望做点探索，除了调整结构、精炼文字，还加了旁白，增强剧的文学性。

1988 年 10 月，完成《心之恋》剧本初稿，上下两集。后又打磨了两次。

小说原为 17 章（另加尾声），影视文学剧本根据镜头的需要，改编为 75 节（后来的“导演分镜头本”增为 77 节，共 593 个分镜头），32000 千字。剧本开篇为一组幻景——

一颗硕大的心脏徐徐旋转着由远推近。后面是黑色的背景，像宇宙空间一样深不可测。

心脏不停地跳动着，通体紫红透亮。

“扑通、扑通”的声响，宛若原始的战鼓擂着耳膜。

心脏不停地在跳动。

突然，“扑通、扑通”的声音戛然而止。

鲜红的心壁渐渐变成暗紫色。

一张慈蔼而模糊的面孔迭现出来。看不清脸的轮廓，只有在天幕深处的那双眼睛亮有微光，殷殷地注视着镜头。

一个低沉而奇异的声音从天外传来，仿佛在召唤什么。

苍凉、粗犷的声音顿起。

涌动的血潮。

赫然推出片名：心之恋

这个片头，增加了全剧的神秘感，并且带有强烈的视觉冲击力。

小说里的主题歌《在雨中》，原是姜育恒演唱的一首流行校园歌曲，词曲略带忧伤和无奈。在影视文学剧本中，把主题歌改成了原创的《红雾》，我作的词。这是一首探索生命之谜的颂歌，歌词和主题及人物的命运紧扣在一起，其寓意有所升华。原想请雷蕾为主题歌配曲，因雷蕾忙未能实现。后来有幸请到了著名作曲家何训田为《红雾》作曲，为全剧增色不少。当时何训田是四川音乐学院的教授，其创作的《天籁》已享有国际声誉，属于大师级作曲家。能请到他为主题歌作曲很不容易。

《红雾》一曲完成，歌声缠绵悱恻，动人心弦：

你看见了红雾吗？
红得像血，红得像宝石。
在那雾的尽头。
藏着生命的真谛。
你看见了红雾吗？
红得像火，红得像太阳。
在那雾的尽头，
藏着我的一颗心。
……

影视文学剧本完成后，得到电视专业人士的青睐。1989 年 8 月中旬，我去太原参加全国电视文艺研讨会。在会上见到中国电视艺术家协会副主席阮若琳老师。阮若琳曾主持拍摄大型电视连续剧《西游记》《红楼梦》《末代皇帝》等，被誉为中国电视剧之母。她看了《心之恋》文学剧本，给予了肯首和支持，说“这个本子档次比较高。反映了中国知识分子的心态，很有意义。结尾也比较好。”阮若琳并主动表示，把剧本推荐给《中外电视》杂志发表。

9月，四川电视台电视剧部李达明主任看了剧本，爱不释手。他说：“一个晚上看完，相当精彩。”并希望剧本交给川台拍。

后来，由于多种原因，最后决定《心之恋》由成都电视台和成都市文联联合摄制。市委宣传部张志武副部长和成都广播电视局易冰兰局长都表示支持，不过拍片的经费需要自筹。有一家叫“大隆”的外商企业表示愿意投资，于是，经过一番酝酿和紧锣密鼓的筹备，《心之恋》电视剧上马。当时决定由我本人执导。后来我才意识到，这个决定有点“憨胆大”。当导演其实是一桩非常辛苦的差事。写分镜头剧本，拟导演阐述，搭班子，选演员、选景点、现场拍摄，后期剪辑、配音配乐……每一个环节，都需要精心策划和玩命地投入。不然的话，很难拍出精品来。其工作量之大，运作之艰苦卓绝，远远超过写一部小说。

作为《心之恋》的导演，我希望把这部片子拍成一部有艺术魅力的青春哲理片。也就是说，它不同于一般的纯情片，只是单纯描写一些少男少女的青春恋情；也不同于某些探索的哲理片，虽有新意但拍得比较沉闷，观众看起来很费劲。

在《心之恋》中，我追求人情、哲理和诗意的完美结合。

人情很浓。师生情，恋人情，恩恩怨怨，爱恨难舍。感情的冲突，灵魂的搏斗，要能催人泪下，令人慨叹。

哲理寓于情中。主人公的悲欢和命运之中藏着一种深远的意蕴，能给人某些启迪。整个片子吸引人的是悲剧的韵味。这悲剧之中有一种执拗的追求，一种催人奋发向上的力量，发人深省。

《心之恋》的艺术魅力，还在于萦回全剧的朦胧的魔幻色彩。

迷人的红雾，涌动的血潮，奇异的幻觉，莫名的红花，还有来自天穹的呼唤……这一切，无疑增加了人和自然斗争的神秘感和悲壮感。

演员大部分是在北京选的。我脱不了身，请妻子代劳和制片杨女士一起赴京挑选演员。扮演陆明翰、欧阳谦、欧阳文彬的演员，选得还比较顺利。演员形象和气质也比较符合角色特点。演陆明翰的演员胡浩，曾在电视连续剧《末代皇帝》里扮演吉冈，已年逾花甲，表演很出色。

选秦天雄和陆少男的演员颇费了一番周折。秦天雄最先选定一位姓张的青年演员，气质还不错。但临开机时，他突然提出接了一部长影的电影演的男一号，问《心之恋》剧组能不能把档期延后。答案自然是不行，于是张生就拜拜了。幸好剧组准备了一个备选的 B 角周世谊，临时顶了上去。周的表演总的还算满意。陆少男的演员，先后考虑过许晴、剧雪。许晴当时 20 岁，是北京电影学院表演系大二学生。给她寄去剧本，她看后，打长途电话来说，很喜欢这个剧和陆少男这个角色，愿意上这部戏。但半个月后，忽接许晴电报："因《心》剧开学前拍不完，电影学院不放人，故不能来剧组。请谅。"看来是学校没有准假。制片杨女士特地到电影学院见了许晴一面，可能见得很仓促，回来后说请假的难度很大。于是没有再作争取。后来有人推荐剧雪。剧雪和许晴年龄差不多，是上海戏剧学院学生。但联系后因档期也来不了。最后选中武警一个青年女演员刘真演陆少男。

由于经费的纠结（"大隆"后来无故退出），拍摄工作数次搁浅。

剧组发动了所有关系拉赞助，哪怕 3000 元、5000 元也很难得。最后慷慨解囊赞助《心之恋》拍摄的，有成都市农业银行、四川省科创公司、电子报社、四川木棕厂、成都市二医院、成都电缆厂、宜宾造纸机械厂、青山仪器厂等单位。

1990 年 9 月底，《心之恋》正式开机。主要的拍摄场景选在华西医科大学（教学楼、教授住宅）和四川大学（阶梯教室、林荫道、荷花池等）。

摄像（非常关键）我请的是省人艺 29 岁的青年摄影师余丁，余曾在北京电影学院进修两年，很有才气。我和他谈到这部片子的影调以白色为主，红色为辅，白色（医院白楼、白衣）象征医学事业的圣洁和权威的冷峻；红色（心脏、血液、红雾）象征炽热的追求、拼搏和爱，我们谈得很投契。在片子拍完后，余丁对我说："导演，我觉得有一个女孩儿非常适合演陆少男。"我随意问道："是谁哦？"他回答说："电影学院的许晴，头一歪，长发披肩，样子很清纯。""你说是许晴！"我一下愣住了。这正是我心目中的形象啊。"可惜竟然失之交臂！"难怪有人说影视剧是遗憾的艺术……

经过一个月的紧张鏖战，前期拍摄完成。12 月初，完成后期制作（包括剪辑和配音配乐、字幕等）。那时拍电视剧费用相当便宜。《心之恋》（上下两集）全剧制作完成，实际费用总共 98200 元人民币。包括演员的片酬、往返机票和住宿费，所有主创人员的劳务费，摄录像设备租机费，磁带费，服装道具费，现场拍摄伙食，群众演员费、资料费，交通费等。其中演员胡浩的片酬（上下两集）仅 1000 元，男女一号的片酬各 800 元。摄像余丁的劳务费也是 1000 元。何训田整个作曲和合乐（包括作曲、演奏、指挥、演唱等）的费用，共计 2500 元。

大家为了拍一部高品位的电视剧，为了艺术走在一起，并不是为了几个钱。这令我很感动。拍摄《心之恋》的那一段经历，至今回忆起来都值得纪念。

12月7日，在成都电视台举行《心之恋》审片会。市委宣传部领导、广电局局长、市二医院两位院长、农行行长一行、文联领导，以及视听周报、成都晚报等媒体记者等到会。待两集播完，已近中午。审片者报以热烈掌声，没有提出一条修改意见，百分之百通过。首映试播获得意想不到的成功。市文联阎志胜副主席表态道："我原来没有想到片子这么好，出乎意料，真是好！是近几年难得看到的好片子。"并建议以市剧协（阎是主席）名义组织一次观摩座谈会。心血管病专家、二医院杜渊院长肯定了片子在专业上立得住，对片子的主题和艺术称赞备至，说："两条线结合得非常好，不少地方达到了催人泪下的程度。"宣传部副部长张志武说："我看这部片子是精心制作的，是精品。每个细节都是精心考虑的。" 并鼓励说："我看松鹰，你以后可以在这方面发展。"

1991 年 1 月 3 日，星期日。电视剧《心之恋》（上下两集）在成都电视台晚 8 点黄金时段播出。

1 月 22 日，我带着《心之恋》片子到北京。阮若琳看了样带，说片子拍得不错，很精细，画面也好，特意问了一下在医学上站得住脚不。在阮若琳的提议和安排下，24 日中国电视艺术家协会特为电视剧《心之恋》举办了观摩研讨会。到会的影视专家有蔡骧、陈志昂、钟艺兵、黄望南、彭俐、陆弘石等，总共 20 余人，胡浩也应邀参加了。可惜当天阮若林临时参加广电部的一个活动，未能亲自到会。后来我才知道，中国电视艺术家协会很少为单本电视剧举行观摩研讨会，《心之恋》算是破了例。

3月7日，《心之恋》在中央电视台一套节目播出。胡浩打来电话说，观众反应热烈。

《心之恋》在中央电视台播出不久，我收到一个电视观众来信，说他姐姐患有冠心病，询问剧中的新学说是哪一个学院的研究生提出来的。这个时候，我正在埋头撰写“冠心病之谜”论文的最后部分。

四 医学论文

论文《系统平衡说：冠心病致病机理新探》，是《心之恋》小说创作的副产品，也是这部小说医学内容的重要依托。

我写小说《心之恋》的初衷，并不是科普冠心病知识，但是小说里有关冠心病的医学内容，必须在专业上站得住脚。所以，在小说构思和写作过程中，我查阅了大量有关冠心病的文献资料，进行了学习和研究。我本人是学工的，虽然是学电子工程，不是学医，但科学研究的方法和精神是相通的。

《心之恋》小说完稿后的第3天，即1987年2月14日，我去市科技情报所，查阅、复印了12篇心血管专业资料，准备动笔写这篇酝酿在胸的医学论文。2月17日，我再去市科技情报所，查阅复印资料，近几年有关冠心病的重要论文（载于《中华心血管病杂志》《中华内科杂志》《心血管病译文》《国外医学（心血管疾病分册）》等杂志），几乎一网打尽，有50余篇。后又在新华书店买到一本天津科学技术出版社出的精装本《冠心病》专著（由石毓澍、张鸿修主编，国内19位冠心病专家撰稿，天津科学技术出版社1986年第二版），作为撰写论文的参考。论文的标题拟为：《冠心病之谜：哲学的钥匙》。

这篇论文里的主要观点，在写小说《心之恋》时就已经形成，并借秦天雄之口在论文答辩现场做了阐述。在小说完稿后，我决定一鼓作气撰写这篇医学专业论文，不纯粹是兴趣使然。我希望把小说里的医学论点进一步深化，做更加专业和系统的阐述，使“系统平衡论”能够立起来。从某种意义说，我客串了一回真正的秦天雄。

关于冠心病的致病原因，半个多世纪以来，医学界一直存在着争论。冠心病又称冠状动脉粥样硬化。但冠心病致病的根本原因，一直是个谜。1906年，两位学者 Adami 和 Aschoff 在做病检时发现，在动脉粥样硬化斑块中有大量脂性物质聚集。1912年，俄国医学家安尼齐可夫通过给家兔喂饲胆固醇食物，人为地造成家兔的动脉粥样硬化，成功地建立起实验性动脉粥样硬化动物模型。安氏确信，是血清胆固醇的增高导致了动脉粥样硬化的发生。这就是迄今为心血管学界所公认的有关冠心病致病机理的“血脂说”。它成了冠心病的一种传统的经典解释。医生们谆谆告诫人们：为了防治冠心病，应该多吃蔬菜和素食，少吃肥肉、内脏、奶酪、蛋黄等含胆固醇高的食品。几乎在所有的冠心病专著中，都列有一张食物胆固醇含量表。这一切足以说明“血脂说”具有的传统地位和权威影响。

尽管如此，冠心病致病的根本原因仍不能完全肯定。随着研究的深入，医学家们发现问题并不那么简单。有著述后来报道，临床发现，有一些冠心病患者，血清胆固醇浓度并不高，但仍可能患心肌梗死；而另一些时候，当冠心病患者的血脂升高被控制住以后，其病程并不能完全改变。

这就意味着高胆固醇并不一定是冠心病的必然原因。而很可能还有某种尚未清楚的重要机理起着支配作用。一些研究者提出，动脉血栓形成是冠心病的一个重要原因。研究者根据冠状动脉造影和尸检发现，许多急性心肌梗死患者，在冠状动脉内均发现有血栓；尤其值得注意的是：其中有的患者血清胆固醇浓度在正常值内。

“血栓说”解释了传统的“血脂说”所不能解释的现象，因而引起学术界的很大重视。但也有专家对血栓形成的作用仍持不同意见，他们认为冠脉血栓与心肌梗死无关，或者纯粹是急性心肌梗死的一个继发现象。其理由是：大数量的病理解剖表明，急性心肌梗死病人死后大约有百分之五十查不出新鲜血栓；而另一方面，纤维蛋白原示踪物标记显示，心肌梗死后数小时，仍能发现血栓形成，这说明这种情况梗塞在前，血栓在后，换句话说，血栓形成是心肌梗死的结果而并非原因。

这个现象怎么解释呢？简单地用“血栓说”显然解释不了。

在论文《冠心病之谜：哲学的钥匙》中，我尝试提出了解开冠心病之谜的钥匙，指出历来关于冠心病的病理研究，“血脂说”也好，“血栓说”也好，都是循着单一的因果论进行的，它把事物看成一段直线：起点—终点，原因—结果。这在哲学上尚未摆脱牛顿的模式，基本上属于形而上学的机械论。看上去它们的结论似乎直截了当（高胆固醇→冠脉粥样硬化；血栓形成→冠脉粥样硬化），而且不否认这些结论的确也从某个视角上窥见了事物真相的一个侧面，但由于这种思维模式往往是割断相互联系地、孤立地去观察，把事物看得过于简单和绝对化，因而最终陷入了困境。正是这个缘故，“血脂说”解释不了马萨伊游牧部落之谜，“血栓说”不能回答冠脉血栓和急性心肌梗死谁先谁后的问题。

事实上，世上的许多事物不是简单的直线，而是复杂的圆圈。正如一位古希腊先哲所说的：“在圆周上，起点和终点是重合的。”在一种情况下，原因表现为结果；在另一种情况下，结果又表现为原因。这是一种辩证的关系。“血脂说”和“血栓说”的局限，均是从一个局部或一个侧面来分析冠心病的成因的，而忽视了从整体的观念，从相互联系中去探寻事物的本质。现代科学已进入一个更高的发展阶段，即在更深的分析发展基础上的综合发展阶段。它比任何时候都要求科学家们在观察世界时把“凝视”专注一点或一个局部和“俯视”大全景式的鸟瞰结合起来，既能目察秋毫，又要视见泰山，要把握整体，要用辩证的观点，在复杂的多元现象中寻求统一。笔者认为，解开冠心病之谜的钥匙就在这里。

在论文中我运用系统科学的观点，对冠心病的致病机理做了分析，提出了一个新的理论框架：系统平衡说。论文指出，人体是一个非常复杂精致、具有自我调节能力的稳态系统。这个系统又可分成许多彼此独立而又相互联系的子系统。冠心病的发生，可能有多种因素起作用，但最根本的原因，在于冠脉循环系统的平衡机制（其中关键的是凝血机制及脂质代谢机制）紊乱失调。

读者不难发觉，这正是秦天雄在小说答辩现场阐述的观点。

此后的日子，我忙于应付《心之恋》电视剧的拍摄，疲于奔命。接着又潜心创作另一个中篇《泸沽湖的诱惑》，无暇他顾。但是解开“冠心病之谜”的情结，却一直萦绕在心头。直到 4 年之后，我才终于了却心愿，完成了这篇医学论文的撰写。完稿时间是 1991 年 4 月 13 日。论文共分 11 节，14000 余字，文后列了 40 余篇参考文献。

当时我正逢创作上双喜临门：《心之恋》电视剧刚在中央电视台播出，北京日报还发了一篇我写的《导演絮语》；小说《泸沽湖的诱惑》又在《十月》杂志 1991 年第二期发表。也许正是借着喜庆的东风，一鼓作气，攻下了冠心病之谜的堡垒。我在日记里自我表扬道：“历时一个半月，终于把 4 年前的一个思想表达出来了。了却了一桩心愿。对论文的质量还比较满意。集医学、科学、哲学于一炉，并注意了一定的文采。相信此论文可达到国家水平。”

饶有意味的是，无意中，我发现了一首宋朝词人张先的词《千秋岁》，其中有两句，恰好可用作论文的题记：“心似双丝网，中有千千结”。简直太离奇了！仿佛在1000年之前，张先就窥测出了冠心病的奥秘……

论文完成后，我第一时间把它投给了《大自然探索》杂志。这是一家自然科学学术季刊，创办于1982年，由四川科学技术出版社出版，主编为杨超、康振黄。

4月17日下午，电话预先约好，去四川科技出版社大楼《大自然探索》编辑部，将论文稿交给了编辑部主任谢华。谢华说，正好后天研究第3期（8月出版）的稿件。论文的标题，我拟了两个：一是原拟的《冠心病之谜：哲学的钥匙》；另一是作为备选的《系统平衡说：冠心病致病机理新探》。谢华主任看后，建议论文标题选用第二个，学术性更强一些，即“系统平衡说：冠心病致病机理新探”——这正好是小说里秦天雄硕士论文的标题。

4月23日，《大自然探索》杂志谢华主任打来电话，告知我的论文被采用，拟发在第3期“学术论文”专栏。编辑部要求将原稿压缩成12000字。

投稿不到一个星期即被采用，可算是最快速度了！从心里感谢《大自然探索》杂志为我提供了发表的机会。

当天晚上，我按编辑部要求将论文动了小手术，删去2000余字，并加了“内容提要”。论文的关键词为：冠心病，系统平衡说，凝血系统，脂质代谢。

次日清晨，将改稿送到《大自然探索》编辑部。

8月22日，《大自然探索》1991年第3期（第10卷，总第37期）出版，《系统平衡说：冠心病致病机理新探》刊载在“学术论文”

专栏最后压轴的一篇（第 89—96 页），并冠以“探索之窗”。因篇幅所限，文后保留的 32 条参考资料略去。

1993 年 9 月，《系统平衡说：冠心病致病机理新探》荣获四川省优秀科普论文一等奖。

小说艰难问世，电视剧辉煌播出，到此刻论文在学术刊物发表并获得认可。关于“心之恋”的故事和苦苦追求，总算尘埃落定，画上一个圆满的句号。

就这样，在专家老师、编辑朋友和亲人的鼓励帮助下，我完成了全方位的创作：小说（原著）、剧本（编剧）、电视剧（导演）、医学论文（研究者）。科学、文学、艺术本来就不存在鸿沟啊！

2014 年 5 月 2 日于成都兀岭书房

附：系统平衡说：冠心病致病机理新探（论文）

松 鹰

（该论文原载《大自然探索》1991 年第 3 期，并获得 1993 年四川省优秀科普论文一等奖）

〔摘 要〕本文用系统科学的观点分析了冠心病致病机理，大胆提出了一个全新的理论框架：系统平衡说。作者指出，人体是一个非常复杂精致，具有自我调节能力的稳态系统。这个系统又可分成许多彼此独立而又相互联系的子系统。冠心病的发生，可能有多种因素起作用，但最根本的原因，在于冠脉循环系统的平衡机制（其中关键的是凝血机制及脂质代谢机制）紊乱失调。

〔关键词〕冠心病；系统平衡说；凝血系统；脂质代谢

Theory Of System Equilibrium: A New Explorative Attempt On The Pathogenic Mechanism Of Coronary Heart Disease

Song Ying
(Chengdu TV Station)

Abstract: Through analyzing the pathogenic mechanism of coronary heart disease with the view point of systematology, this paper boldly suggests an entirely new theory——the System Equilibrium new theory. The author points out in this paper that the human body is a very complicate and delicate stable system in a state of equilibrium, with the capability of self-regulation. At the same time, this stable system can be divided into a number of independent but inter-related sub-systems. The occurence of coronary heart disease may be caused by many factors, but the mist fundamental factor is the disorder of the equilibrium mechanisms in the coronary artery circulating system, in which those of the blood coagulation and lipometablism systems are of key importance.

Key Words： Coronary heart disease; System Equilibrium Theory; Blood coagulation system; Lipometabolism

当今世纪的主要杀人凶手

冠心病是冠状动脉粥样硬化心脏病的简称。它是当代世界三大医学难题之一。

据统计数字表明，地球上每年死于冠心病的人数约占全部突然死亡人数的百分之八十。在工业发达国家，冠心病已成为人口死亡的主要原因。鉴于冠心病对人类构成的严重威胁，世界卫生组织(WHO) 于 1969 年宣布它为世界最大的流行病 [1]。

我国的冠心病发病率和死亡率比欧美国家低，但近年来呈明显的上升趋势。

所以，我们可以毫不夸张地说，冠心病是当今世纪的主要杀手之一。正因为如此，冠心病已成为世界上的重大医学课题。

冠心病之谜

冠心病在古代就已经有了。考古学家曾在古埃及木乃伊体内发现有动脉狭窄的征象。1972 年我国长沙马王堆一号汉墓出土的两千年前的贵妇女尸，经病理分析证实，也有全身动脉粥样硬化和冠心病。

不过到了 20 世纪，冠心病才成为一种世界范围的常见病和多发病，成为最常见的死亡原因。

关于冠心病的致病原因，半个多世纪以来，医学界一直存在着争论。

冠状动脉是心脏维持自身营养和生命的动脉，因其形状似冠而得名。冠心病患者血管内壁发生粥样硬化，致使冠状动脉变脆，通道变窄，或因血栓形成或血管持久痉挛，均阻碍血液的流通，从而引起心绞痛（心脏缺血），严重者造成冠状动脉堵塞，引起心肌梗死。冠心病致病的根本原因，一直是个谜。由于患者多见于 40 岁以上的中老年人，在 21 世纪初的很长时间里，人们通常认为冠心病是年龄增长的必然结果。后来才发现，年龄并不是得冠心病的决定因素。很多长寿老人，耄耋之年，仍活得健康壮实，丝毫没有冠脉粥样硬化的征象和痛苦。相反的是，18 岁青春年华的年轻人也有患冠心病甚至因心肌梗死猝死的。这表明了，冠心病虽然同年龄有关，但并不是衰老的自然征象[2]。

那么，冠状动脉粥样硬化的致病原因究竟是什么呢？

“血脂说”的渊源

1906 年，两位学者 Adami 和 Aschoff 在做病检时发现，在动脉粥样硬化斑块中有大量脂性物质聚集，特别是胆固醇及其脂类物的聚集。这一发现给冠心病致病机理的探寻，带来了一线曙光。

1912 年，俄国医学家安尼齐可夫通过给家兔喂饲胆固醇食物，人为地造成家兔的动脉粥样硬化，成功地建立起实验性动脉粥样硬化动物模型[2,3]。安尼齐可夫的发现是心血管研究史上的一件大事。它标志着人的认识由盲目转为主动，由猜测转向判断。这种人工造成实验动物模型的方法至今仍然沿用。安氏并提出了“脂质渗入学说”来解释冠心病的致病原因，他确信，血清胆固醇的增高导致了动脉粥样硬化的发生。

安尼齐可夫的研究工作打开了人们的视野。许多医学家由此启发，得出结论：高胆固醇饮食可以引起动脉粥样硬化。他们认为，从食物中摄取的大量胆固醇加上机体自身制造的胆固醇，在动脉中造成流通阻塞，一些过剩的胆固醇沉积在动脉管壁，形成粥样斑块。这就是迄今为心血管学界所公认的有关冠心病致病机理的“血脂说”的雏形。

根据这种解释，形如白色蜡状物的胆固醇是导致冠心病的元凶。

胆固醇在植物中没有，它主要存在于动物性食物中。动物内脏、肉类、奶类制品、蛋类等都是含胆固醇高的食物。美国进入 20 世纪以来，由于生活水平提高，人们的饮食习惯发生变化，牛肉、奶制品消费量明显增多，与此相平等发展的是冠心病发病率急剧上升。丹麦人爱吃黄油和干酪，冠心病发病率很高。意大利人脂肪食量少，而且主要吃植物油（橄榄油），冠心病发病率就要小得多。

流行病学的调查也支持这一观点。

大量的血脂测定表明，人群血清总胆固醇水平与冠心病的发病率有明显的相关关系，两者存在明显的梯度特征。如芬兰人血清总胆固醇水平最高，其冠心病的发病率和死亡率居世界首位；美国人次之，冠心病发病率稍次；欧美其他国家人又次之；亚洲人血清胆固醇水平较低，冠心病的发病率及死亡率相应也最低。

从这以后，“血脂说”在医学界逐渐得到公认，并成为关于冠心病病理最普遍、最权威的解释。

传统的困惑

“血脂说”是心血管学领域的重大发现，是几代医学工作者辛勤研究的成果。它的提出，对于探寻冠心病的发病原理和防治办法具有划时代意义，影响深远。

迄今“血脂说”在国内外医学界仍得到公认，在理论和临床应用上也比较成熟。它实际上成了冠心病的一种传统的经典解释。

医生们谆谆告诫人们，为了防治冠心病，应该多吃蔬菜和素食，少吃肥肉、内脏、奶酪、蛋黄等含胆固醇高的食品。几乎在所有的冠心病专著中，都列有一张食物胆固醇含量表。

这一切足以说明“血脂说”具有的传统地位和权威影响。

尽管如此，冠心病致病的根本原因仍不能完全肯定。随着研究的深入，医学家们发现问题并不那么简单[4]。

例如，晚近的研究表明，就动脉粥样硬化的形成而言，某些血脂成分实际上还起着防护作用。胆固醇有两种主要载体，即低密度脂蛋白(LDL)和高密度脂蛋白(HDL)。1975年Miller兄弟发现，并非这两种脂蛋白都促使动脉粥样硬化发生。恰恰相反，高密度脂蛋白(HDL)的含量愈高，冠心病的易患性愈低[5]。这说明动脉粥样硬化形成的机制是复杂的。

还有，临床表明，冠心病的易患因素有高血脂、高血压、吸烟、肥胖、糖尿病、情绪激动等，在这诸因素中，高血脂是否是最根本的病因，医学界也尚存在分歧[2,6]。

而且，“血脂说”本身也并不是天衣无缝的。

非洲东部草原的马萨伊游牧部落，以肉和牛奶为主食，还常喝活牛的血，但这个部落里却很少有人得冠心病[3,7]。

怎么解释这个事实呢？

有著述报道，临床还发现，有一些冠心病患者，血清胆固醇浓度并不高，但仍可能患心肌梗死；而另一些时候，当冠心病患者的。血脂升高被控制住以后，其病程并不能完全改变[8,25]。

这是否意味着高胆固醇并不一定是冠心病的必然原因？而很可能还有某种尚未清楚的重要机理起着支配作用呢？

传统的学说面临着困惑和挑战。

新说躁动

一些研究者试图提出与“血脂说”不同的观点，从不同角度寻求对冠心病病因的新解释。

于是，各种假说应运生起。比较有代表性的有“血栓形成说”“变态反应学说”等[2]。其中，血栓说的崛起，日益引起医学家们的重视。

早在 1852 年，就有学者 Rohitansky 首先提出血栓机化与动脉硬化斑块形成有关[9]。他的看法超前了整整一个世纪，因而在当时并未引起广泛的注意。

当“血脂说”不能解释冠心病病因的某些疑难时，血栓的作用重新被提了出来。研究者根据冠状动脉造影和尸检发现，许多急性心肌梗死患者，在冠状动脉内均发现有血栓；尤其值得注意的是：其中有的患者血清胆固醇浓度在正常值内。这提示了冠心病患者的致病主要原因，很可能并不是或不完全是高血脂。而动脉血栓形成是冠心病的一个重要原因[1,10,16,26]。

“血栓说”认为：动脉粥样硬化的最初病变，是在该处形成的微小血栓的基础上发生的。首先是动脉内膜有微小损伤，血小板聚集在损伤处，生成微血栓。这种附壁血栓进一步被内膜覆盖，斑块内的脂质，系由血栓内的白细胞及血小板分解而成[2]。血栓形成严重时，致使冠状动脉急性闭塞，导致心肌梗死。也就是说，血栓形成是急性心肌梗死的促发因素。其中起关键作用的不是胆固醇，而是血小板。

“血栓说”解释了传统的“血脂说”所不能解释的现象，因而引起学术界的很大重视。但也有专家对血栓形成的作用仍持不同意见，他们认为冠脉血栓与心肌梗死无关，或者纯粹是急性心肌梗死的一个继发现象。其理由是：大数量的病理解剖表明，急性心肌梗死患者死后大约有百分之五十查不出新鲜血栓；而另一方面，纤维蛋白原示踪物标记显示，心肌梗死后数小时，仍能发现血栓形成，这说明这种情况梗塞在前，血栓在后，换句话说，血栓形成是心肌梗死的结果而并非原因[1]。

这个现象怎么解释呢？简单地用“血栓说”显然解释不了。

1972 年，学者们还发现了一件奇事。Lange 在一份报告中指出，某些军工厂的工人突然离开工作岗位而不接触硝酸甘油后，可发生心肌缺血症。这些工人周末回家，星期一早晨就发生心绞痛，少数严重者甚至出现心肌梗死[1, 11, 12]。但造影显示冠脉正常或接近正常。原来硝酸甘油有强力扩张血管的作用，长期接触硝酸甘油的工人，冠状动脉呈现收缩反应，一旦硝酸甘油撤出后，这种收缩反应仍然强而有力，致使冠脉收缩甚至发生痉挛，造成血流量减少或堵塞，引起心绞痛、心肌梗死。

这时人们才认识到，除了粥样硬化引起的冠脉机械性狭窄、冠脉血栓形成外，冠状动脉痉挛也是导致冠心病的重要原因。而在这一切的背后，血小板起着某种神秘的作用。

一匹黑马

“众里寻他千百度，蓦然回首，那人却在灯火阑珊处。”

随着研究工作的进一步深入，近十余年来，医学界愈来愈意识到血小板在冠心病的发生和发展中起着重要作用[1,9,13,15,16,18]。

首先是流行病学调查发现，长期服用阿司匹林的类风湿性关节炎患者极少得冠心病的，这与阿司匹林抑制血小板聚集有关。另一个耐人寻味的事实是，丹麦格陵兰岛爱斯基摩人和日本千叶县渔民爱吃鱼，冠心病的发病率很低。研究者发现鱼含有丰富的花生五烯酸等物质，其代谢物有抑制血小板聚集的作用，因而降低了冠心病的发病率[16, 17]。爱斯基摩人和日本渔民具有出血倾向，就是血小板的活性受到抑制的一个旁证。

还有人做了这样的实验：给家兔喂食高胆固醇饲料会导致高脂血症，解剖可见，主动脉血管壁有明显粥样斑块，与此同时血液测定发现血小板微聚物显著增多；如果在给家兔喂食高胆固醇饲料的同时，加服一定剂量的血小板抑制药阿司匹林和潘生丁，结果发现家兔主动脉血管壁未见明显粥样斑块，血液测定血小板聚集物正常。有研究者用猪进行六个类似的饲养实验，也得到相同的结果[16]。

还有报告指出，在类胱氨酸诱发狒狒血管内膜损害时，加用抑制血小板药潘生丁，能预防粥样硬化病灶形成。通常情况，血管内膜受损很容易产生粥样斑块硬化。如果给家兔注射抗血小板的抗血清，造成血小板减少症，以后再用导管损害血管内膜时，不会发生动脉粥样硬化病灶[16]。

以上证据无疑地揭示了，在冠心病的致病机理中，血小板也许扮演了一个比胆固醇更重要的角色！

荣获诺贝尔奖的发现

血小板的构造和机理很复杂。尤其是70年代中期血栓素TXA2和前列环素PGI2的相继发现，使人们看到了一个更精细，也更微妙的世界。

这一贡献归功于诺贝尔的同胞。

瑞典卡罗琳医学院的萨米埃尔松教授（Samuelson）等首先发现，血小板膜中的花生四烯酸有许多代谢物，其中一种叫前列腺素H2 (PGH2) 的中间，经血小板中存在很多的一种酶（血栓素合成酶）作用，转化成不稳定的血栓素TXA2。萨米埃尔松等并阐明了诸类前列腺素生物合成的途径[11,18,19]。血栓素TXA2是强有力的血小板聚集物和血管收缩物，对于凝血过程和血管痉挛至关重要。它的发现无形中打开了人们研究冠心病的新思路。

起初，研究者都把注意力集中在血小板花生四烯酸的代谢物上，在一段时间里掀起了一股试用抗血小板药物的热潮. 但是临床发现，单纯使用这些药物（例如抑制环氧合酶的药）效果不太明显[19]。

这是为什么呢？

后来，一位名叫Vane的医学家解开了这个谜。1976年，Vane发现了前列腺素H2的一组不稳定的活化物前列环素 (PGI2) 的生物活性[18,19]。前列环素PGI2不生于血小板内，而是在血管的里层合成。

因为在血管壁内皮细胞中有丰富含量的前列环素合成酶作用。

有趣的是，前列环素 PGI2 对血小板聚集有很强的抑制作用，并能促进血管扩张，其生物活性与血栓素 TXA2 恰恰相反！

这就意味着，血栓的形成、冠脉痉挛等的原因，不仅仅取决于血栓素 TXA2，还同时取决于前列环素 PGI2，取决于二者谁强谁弱；换句话说，取决于 TXA2—PGI2 相互间的制约和调节。

这是一个极富于哲理的启示！

有个别医学家朦胧地意识到，TXA2—PGI2 平衡失调，可能是冠状动脉疾病的关键起因(Meheta，1981)。虽然这种认识多半只是一种直觉，但可以说，前列环素 PGI2 的发现，从根本上改变了对血栓形成过程的认识，是人类对心血管之系统认识的一个突破。它也是冠心病研究由宏观（流行病调查、病理解剖等）深入到微观的一个标志。

由于发现 TXA2 和 PGI2 的特殊意义，萨米埃尔松教授和 Vane 以及另一位同事荣获了 1982 年的诺贝尔生物学和医学奖。

然而，在通往真理的途中还有迷雾。

9 年之后的今天，冠心病之谜仍然没有完全解开。“血脂说”依然故我地统领着学术界；“血栓说”也只是执其一端，未能从根本上动摇旧说。某些疑难和盲点仍困惑着中外的医学家们。

哲学的思考

笔者认为，历来关于冠心病的病理研究，“血脂说”也好，“血栓说”也好，都是循着单一的因果论进行的，它把事物看成一段直线：起点—终点，原因—结果。这在哲学上尚未摆脱牛顿的模式，基本上属于形而上学的机械论。看上去它们的结论似乎直截了当（高胆固醇→冠脉粥样硬化；血栓形成→冠脉粥样硬化），而且不否认这些结论的确也从某个视角上窥见了事物真相的一个侧面，但由于这种思维模式往往是割断相互联系地、孤立地去观察，把事物看得过于简单和绝对化，因而最终陷入了困境。正是这个缘故，“血脂说”解释不了马萨伊游牧部落之谜，“血栓说”不能回答冠脉血栓和急性心肌梗死谁先谁后的问题。

事实上，世上的许多事物不是简单的直线，而是复杂的圆圈。正如一位古希腊先哲所说的：“在圆周上，起点和终点是重合的。”在一种情况下，原因表现为结果；在另一种情况下，结果又表现为原因。这是一种辩证的关系。“血脂说”和“血栓说”的局限，均是从一个局部或一个侧面来分析冠心病的成因的，而忽视了从整体的观念，从相互联系中去探寻事物的本质。现代科学已进入一个更高的发展阶段，即在更深的分析发展基础上的综合发展阶段。它比任何时候都要求科学家们在观察世界时把“凝视”专注一点或一个局部和“俯视”大全景式的鸟瞰结合起来，既能目察秋毫，又要视见泰山，要把握整体，要用辩证的观点，在复杂的多元现象中寻求统一。笔者认为，解开冠心病之谜的钥匙就在这里。

世界和人都是一个系统

要找到冠心病致病的根本原因，我们必须从一个新的角度来分析，这就是把人体作为一个系统来研究。

用系统论的观点看，世界是由系统组成的，大至宇宙，小到细胞，都可以看成由若干相关因子构成的系统，诸如天体系统、气象系统、生态系统、通信系统、电脑系统等。每一个系统是一个有机的整体，它又可以分成许多相关的子系统。

世界上的事物，都有一种力图保持均衡、稳定的趋势，并且处在不断运动中，以达到某种平衡状态。这是自然界的一种规律。一个开放的系统，总的趋势是趋向平衡。

一个成熟的独立系统，总的趋势保持这种平衡。任何稳定的开放系统，内部都存在着一种自我调节的能力，当系统受到外界干扰时，这种能力可以使系统恢复原状，形成新的平衡。但是系统的自我调节能力是有一定限度的，这个限度我们把它称作“阈”。在这个限度以内，系统可以自我调节；一旦外界的干扰超过了一定的阈值，调节就失去作用，系统的平衡因此遭到破坏。

系统的自我调节，实际是一种反馈机制。在电子放大线路中，为了防止振荡必须采用负反馈，反馈深度越深，线路越稳定（以牺牲放大倍数为代价）。在许多系统工程和正常的生命活动中，也是靠负反馈来保持系统的稳定性。自然系统中的许多灾难，例如生态平衡被破坏，森林资源枯竭，某些动物的灭绝，往往是正反馈（恶性循环）造成的。这个原理同样适用于人体的生命机制。

用现代系统科学的观点来看，人体即是一个非常复杂精致、具有自我调节能力的稳态系统。这个系统又可分成许多彼此独立而又相互联系的子系统，诸如呼吸系统、消化系统、生殖系统、内分泌系统、经络系统以及心血管系统。每一个子系统，又可以分成若干更小层次的分系统。人体的生命和健康，就是靠着这些系统的正常运转（动态平衡）得以保证的。任何一个系统的平衡遭到破坏，就意味着人生病了。心血管疾病的形成，可能有多种因素起作用，但最根本的原因，就在于心血管系统的平衡机制紊乱失调，致使维持正常的心血管系统平衡遭到破坏。凡是可能干扰、紊乱这个平衡机制（其中最重要的是凝血机制和脂质代谢机制）的因素，都是心血管病的易患因子。

古代中国的医学理论对人体的认识渗透着有机整体的系统思想。尤其是阴阳五行学说包含着朴素的辩证法思想，对于进一步探寻心血管系统平衡的内部规律，可以为我们提供宝贵的启示。

《易·系辞上》说："一阴一阳谓之道。"明确提出阴阳的对立统一是宇宙发展的根本规律。这里，阴阳是两个互相对立的概念，天地、日月、昼夜、明暗、正负，皆可分为阴阳。阳代表雄性、光明、刚德、进取等，阴代表雌性、晦暗、柔弱、退守等。

《老子》中的"万物负阴而抱阳"说法，也把阴阳的对立统一看成万事万物的普遍现象。

中国最早的医书《黄帝内经》中有所谓"人生有形，不离阴阳"（《素问·宝命全形论》），指出人的生命也遵循这一规律。《内经》中还提到"阴平阳秘，精神乃治；阴阳离决，精气乃绝"（《素问·生气通天论》），意指在正常情况下，人体的阴阳两个方面是平衡的，一旦这种平衡遭到破坏，人体就会生病。从某种意义说，治病就是调整阴阳[20,21]。这些是非常精辟的思想。

综上所述，笔者确信，可以对冠心病的致病原理提出一种新的解释。

一个全新的理论框架：系统平衡说

笔者认为，在冠脉循环中，存在着两个相关的平衡系统，对维持心血管的正常功能起着关键作用。这两个平衡系统，一是凝血平衡系统，另一是脂质代谢平衡系统。这两个相关的环，构成了整个冠脉循环系统平衡的基石。冠心病发生的根本原因，是由于该系统平衡机制紊乱失调所致。

心血管的凝血系统，是一个双平衡系统。

其中：第Ⅰ平衡是血小板—血管壁的相互协调作用；

第Ⅱ平衡是血栓素 TXA2—前列环素 PGI2 间的相互制约作用。

这两个平衡相互依存又相互作用。在正常情况下，这个双平衡系统通过自我调节的能力，保证冠脉循环的正常运行。

血小板具有黏附、聚集和释放的生理功能。当血管内皮受损时（高血压、高脂血症、吸烟等易患因素单个或集合均可引起），血小板黏附于内皮下层裸露胶原并被激活，从而产生聚集和释放反应。血小板聚集在血管内膜损伤处形成阻塞性栓子，起到止血修复作用。由于同时生成的血栓素 PGI2 的抑制作用（负反馈调节），血小板聚集栓子在止血过程后会自行解聚，从而完成血小板与血管壁的协调功能（第Ⅰ平衡）。血小板的释放反应同时产生两种结局。一种结局是释放出强有力的血小板聚集物和血管收缩物血栓素 TXA2，促使血小板聚集和冠脉收缩，另一种结局是释出一种特异的血小板衍化生成因子(M 因子)，激发邻近处血管内皮细胞生成前列环素 PGI2，抑制血小板的过度聚集（防止血栓形成），并扩张血管（防止冠脉过度收缩产生痉挛）[9,13,14,16,18,19]。这种负反馈机制，是维持冠脉系统平衡的关键。TXA2—PGI2 这第Ⅱ平衡，对于调节血管的张力和血小板的稳定具有举足轻重的作用。PGI2 和 TXA2 的关系，正是一阴一阳的对立统一；两者的相生相克（互相依存又互相制约），构成了该双平衡系统和整个冠脉系统平衡的基石。

大量病理观察表明，血小板聚集于损伤的内膜时，还会释放一种称为平滑肌增殖因子，促使血管内皮下层平滑肌细胞的移行和增殖，并分泌纤维脂性斑块基质，促使动脉粥样斑块的形成[13,16,18]。这表明血管损伤——血小板聚集具有形成动脉粥样硬化病灶的倾向。在正常情况下，双平衡系统的自我调节能力（负反馈机制）足以克服这种倾向，确保冠脉循环系统的功能。一旦外界因素刺激（高血脂、高血压、吸烟、糖尿病等）超过了允许限度，使血管损伤成了复发性的或血小板“过度活动”持续存在，就会造成双平衡系统失调。

这其中的关键环节是，只有健康的血管壁才具有合成前列环素PGI2的能力，在粥样硬化斑块中不能合成PGI2。PGI2生成减少，负反馈机制被破坏，致使血小板聚集如脱缰野马；血小板的过度聚集，又促使更多的血栓素TXA2释放出来，这种正反馈形成一种恶性循环，使TXA2—PGI2阴阳失调，阳盛阴衰，最终导致动脉粥样硬化（粥样病灶扩大）、血栓（血小板异常聚集）、痉挛（血管收缩过度），以至急性心肌梗死。

长时间困扰着医学界人士的疑团由此可以解开：冠心病的基本病因是心血管自身的平衡系统遭到破坏。真正的罪魁不是胆固醇，而是血小板，是血小板的聚众造反（功能异常活跃）！这就是血脂浓度不高的人为什么也可能得冠心病的原因。实验观测也表明，其他易患因素（高血压、糖尿病、吸烟等）均可增强血小板活力和释放反应，这些易患因子不论单个或联合均可通过血小板过度活动促发冠状动脉病系[13]。

系统平衡说还可解释“血栓说”解释不了的疑难，部分心肌梗死患者查不出新鲜血栓有两种可能。一种是梗塞后在一定时间内血栓自行溶解了，这正是系统建立了新的平衡的标志；另一种是冠状动脉痉挛导致了心肌梗死。长期接触硝酸甘油的军工厂工人突然离岗后，可发生心肌梗死，就是例证。硝酸甘油具有扩张血管的作用，长期接触此物的工人冠状动脉呈收缩反应，以维持系统平衡，一旦撤除硝酸甘油，平衡破坏，冠状动脉因强收缩而发生痉挛，导致心肌梗死。这两种情况，都系血小板—血管壁、血栓素 TXA2—前列环素 PGI2 双平衡机制失调所致。

两个相关的环

心血管的脂质代谢系统，也是一个双平衡系统。

其中：

第Ⅰ平衡是脂质—血管壁的相互协调作用（调节脂质的沉积与清除）；

第Ⅱ平衡是低密度脂蛋白 (LDL)—高密度脂蛋白 (HDL) 间的相互制约作用（脂质的正向转运与逆向转运）。

传统的“血脂说”着重强调脂质沉积于动脉壁是动脉粥样硬化形成的主要特征。事实上，在粥样斑块形成和发展中始终存在脂质沉积和脂质清除两个过程。脂质的积聚与否取决于两者的动态平衡（即第Ⅰ平衡）。我国医务工作者有实验报告证实这一点[22]。影响这一平衡的因素很多。高血脂作为破坏平衡的因素之一，不仅促进脂质沉积，同时削弱脂质清除过程，使病变不断发展。脂质沉积—清除平衡机制的紊乱失调，促使动脉粥样硬化斑块的形成和发展。

冠脉循环的脂质代谢系统，除了脂质沉积—清除平衡外，还存在着第Ⅱ平衡，即低密度脂蛋白 (LDL)—高密度脂蛋白 (HDL) 间的平衡。LDL 和 HDL 作为胆固醇的两个主要载体（运载脂质进、出血管壁），功能正相反：LDL 把胆固醇载入细胞，促进脂质沉积（发生粥样硬化）；HDL 则把胆固醇从细胞里运走，清除脂质积聚（对抗粥样硬化发生）。故 HDL 有“清道夫”之称，其在脂质代谢平衡中的重要作用，相当于凝血系统中的前列环素 PG12。HDL 含量愈高，冠心病易患性愈小；HDL 下降，冠心病易患性增加。LDL 运载胆固醇的方向是从肝脏到周围细胞，称为正向转运；HDL 运载胆固醇的方向是从周围细胞到肝脏分解和排泄，称为逆向转运（也是一种负反馈）。这两种转运的平衡，可以调节人体的血脂含量保持在一定的范围内。国外医学家曾做过降血脂实验 (Vergroeson，1975)，将膳食中得自不饱和脂肪的热量（卡）比例从 20% 增到 35%，从而使血清胆固醇显著下降。但增加到 50% 时，降低胆固醇的作用则不再增加。还有一位研究者 (Connor，1977) 测定了 25 个吃无胆固醇膳食者的血脂含量，然后给这些人每天吃含有 1000 毫克蛋黄胆固醇的膳食，再测定血脂。结果，血清胆固醇平均含量仅从 211 毫克 % 升高到 247 毫克 % 升[7]。此两例都说明了人体本身有一种自调能力，可使血清胆固醇维持在一定的限度内。这正是 LDL—HDL（正向转运—逆向转运）系统平衡的结果。当该系统平衡紊乱失调，LDL ↑，HDL ↓，就会促使过量的脂质存留在血浆里，并在管壁堆积，造成冠脉粥样硬化。

系统平稳说并不否定高血脂的作用，而只是指出了血脂并不是单一的和唯一的原因。它只是决定冠心病发生的两个相关的环上的一个链节。国内外研究者的实验表明了，TXA2—PGI2 平衡失调与脂质代谢是相互关联的。Masotti 等曾发现高脂膳食可减少家兔血浆及动脉壁 PGI2 样物质的含量。我国医学工作者张丽等用放射免疫分析法，进一步测定了慢性高脂血症家兔血浆中的 TXB2(TXA2 的稳定代谢物)，和 6—酮—PGFla (PGI2 的稳定代谢物)，结果证明了高脂血症家兔的TXA2—PGI2失去正常平衡[23]。杨永宗等还观察到，正常家兔静脉注射高脂血清后30分钟，血小板聚集总数显著增多[24]。反之，TXA2—PGI2的失衡，血小板聚集增强，释放出更多平滑肌增殖因子，会刺激血管内皮下层平滑肌细胞大量增殖，分泌纤维脂性斑块基质，为脂质的沉积提供“温床”，导致脂质代谢（沉积—清除）的失调。

笔者提出的“系统平衡说”，并没有推翻“血脂说”的意思，也不是对“血栓说”的简单否定。它能比较圆满地解释迄今为止冠心病各种致病假说所不能解释的问题,并且从本质上将“血脂说”和“血栓说”统一起来。这里面凝聚了几代医学工作者辛勤研究的成果。

文章写到这里，似乎可以结束了。但探寻心血管奥秘的路还没有完，还有很多未知因素和机理需深入研究。

我们研究心脏的目的，是使人类最终能够免除冠心病的困扰，从而延长寿命。人的认识总是不断前进的，对冠心病的认识也定会有新的发现。尽管前面还有艰苦的路途，人类在不久的将来一定能征服冠心病。

参考文献

[1] 刘国仗：六十年代末期以来工业化国家冠心病死亡率的动态变化，《中华心血管病杂志》1984年第12卷第2期。

[2] 石毓澍 张鸿修：《冠心病》，天津科学技术出版社1986年版。

[3] 威廉·詹姆斯：《生活科学文库·食物和营养》，时代公司出版。

[4] Levy RI: 心血管病死亡率（美国）下降的原因,《国外医学（心血管疾病分册）》1985年第3期。

[5] Miller GJ Miller NE：Plasma high density lipo protein concentration and development of ischaemic heart disease. Lancet 1975;1:16.

[6] 陈灏珠：美国动脉粥样硬化和冠心病研究的一些近况，《中华内科杂志》1984 年第 23 卷第 5 期。
[7] 安德鲁·斯特普托:《心血管病的心理因素》, 山东科学技术出版社 1985 年版。
[8] Corday E Swan HJC：New research perspectives in myocardial ischemia and infarction in Myocardial Infarction (Corday E, Swan HJC, ed). Willia & Wilkins, Baltimore, 1973:3~9.
[9] 杜传礼 张廷杰：血小板与冠心病，《心血管病译文》1983 年第 1 期。
[10] Conti CR 等: 心肌梗死——发病机理及冠状动脉痉挛的作用,《国外医学（心血管疾病分册）》1986 年 4 期。
[11] 郑宗锷：冠状动脉痉挛，《中华内科杂志》1984 年第 23 卷第 3 期。
[12] 吴德诚：冠状动脉痉挛（CAS），《心血管译文》1983 年第 4 期。
[13] Metha J：血小板功能在冠状动脉疾病中作用的当今观点，《国外医学（心血管疾病分册）》1986 年第 1 期。
[14] 王振义：血小板功能的病理生理进展，《中华内科杂志》1984 年第 23 卷第 12 期。
[15] 高平进 张维忠：血小板功能异常与高血压，《国外医学（心血管疾病分册）》1986 年第 1 期。
[16] 张像贤：血小板在冠心病发生中的作用，《国外医学（心血管疾病分册）》1984 年 1 期。
[17] 崔启文等：血清总胆固醇含量正常的急性心肌梗死患者血清高密度脂蛋白胆固醇含量，《中华心血管病杂志》1984 年第 12 卷第 3 期。
[18] 胡琛 陈灏珠：《心肌梗死》，河南科学技术出版社 1985 年版。
[19] Martin TJ 等：血小板—血管相互作用中的前列腺素，《国外医学（心血管疾病分册）》1984 年第 3 期。
[20] 甄志亚 傅维康：《中国医学史》，上海科学技术出版社 1986 年版。
[21] 邹学熹 邹成永：《中国医易学》，四川科学技术出版社 1988 年版。
[22] 苏宇华 李进: 实验性动脉粥样硬化早期脂质沉积与清除的扫描电镜观察,《中华心血管病杂志》1985 年第 13 卷第 3 期。
[23] 张丽 徐也鲁 王振义：蒲黄对慢性高脂血症家兔 6—酮—PGFla、血栓素 B2、总胆固醇及高密度脂蛋白胆固醇的影响，《中华心血管病杂志》1986 年第

14 卷第 5 期。

[24] 杨永宗 冯大明: 静脉注射高脂血清后家兔血小板微聚物变化及利血平的影响,《中华心血管病杂志》 1984 年第 12 卷第 4 期。

[25] Paul O. Hypertension, diabetics, and cigarette smoking in Cardiovoscular Disease (Russek HI, ed). Universitv Park Press, Baltimore, 1974:61~63.

[26] 马正中: 冠状动脉血栓形成的病理基础,《中华心血管病杂志》1983 年第 11 卷第 2 期。

后 记

《心之恋》科学小说集即将和读者见面，这是科学普及出版社将科学和文学联姻的一个创新。希望这本书的出版，会给读者带来耳目一新的感觉。

感谢科学普及出版社原社长苏青先生和副总编杨虚杰女士的厚爱和鼎力支持，同意将我的《心之恋》小说、《心之恋》影视文学剧本、导演阐述和相关的冠心病论文结集出版，并且做了精心编辑，精美包装，隆重推出。同时，要感谢我的挚友、中国科普作家协会副秘书长尹传红先生把这本书稿推荐给杨虚杰副总编，才使我与科学普及出版社有了合作的机会。也感谢本书的责任编辑鞠强、汪晓雅和科普出版社的其他同仁，为本书付出的辛勤劳动。

在此，我要特别感谢中国科普的老前辈、中国科普作家协会荣誉理事长王麦林老师，感谢她为《心之恋》科学小说集作序，这对我是莫大的荣幸和鼓励。

创作《心之恋》小说、剧本和完成论文，虽然已是20多年前的往事，但当年创作的激情和感动，至今难忘。借此机会，向所有鼓励和帮助过我的老师、编辑和朋友张守仁、戴木胜、王荣轩、阮若琳、周孟璞、高山流水、汪志、赵健、张志武、易冰兰、意西泽仁、张世成、张思勇、阎志胜、程玉书、杨扬、余丁、何训田、胡浩、杜渊、谢华、王国平等，表示诚挚的感谢。最后，要感谢我的夫人江保瑜做出的奉献，没有她的默默支持，我的创作不会取得这些成绩。

松鹰

2015年10月10日于成都兀岭书房